Sophia
作品集
05

Sophia
作品集
05

Sophia

by Sophia

作品集05

當你在綠洲獨行

BLANK SPACE

我知道。

但我仍舊睜大雙眼仔細的凝望，彷彿害怕有些什麼會在眨眼的瞬間錯過或者流失，因而我不得不注視著正在發生的失去。

在那些失去之中，我不斷的找尋。拚了命的翻箱倒櫃，只要有千萬分之一殘留的可能，也許就能在無以挽救也難以彌補的失去的夾縫裡發現，如綠洲一般的，容身之地。

那不是海市蜃樓。

我希望，有一天我能夠這麼對你說。

01

他的心裡放著一個人，儘管放在深不見底誰也無法碰觸的位置，我卻依然明白這一點。

那是一種註定性的開端，也是最殘忍的起始。

然而我深刻的明白，倘若沒有這樣的前提，我不會，不會停駐於此。

將會議紀錄謄打成電子檔，在與會人員名單上我反覆喃唸著他的名字，至今仍舊透著陌生的名字，帶著彷彿不經意就會遺忘的朦朧不清；然而我卻毫無猶豫的相信自己絕對不會將他的名字隨手扔進風裡，同時卻也不敢將這個名字小心的盈握在掌心。

深吸了一口氣，辦公室裡的空氣混著一種焦躁不安，隨著時間滑過越加強烈，儘管我們以淡漠並且若無其事的鎮定姿態進行著工作，但她和他的心底確實藏著浮動的靈魂，如同久遠之前穿著制服的不安分的少年與青澀的少女，等候著一次又一次的鐘響，彷彿一早的踏進是為了迎接傍晚的踏出。

我們都想逃離巨大的框架，卻又不得不邁動步伐踏進界線之內，以前的我們不懂，僅僅因為這是既定規則而不得不遵守，爾後我們終於了解，在眼前可見的框架之外罩著更加不可侵犯的巨大牢籠，試圖掙脫太過艱難，於是我們躲進那狹小卻讓人安心的框架，假裝著每一天都有脫離的時刻。

這並不那麼困難。我想著。這個世界上絕大多數的人都這麼活著。但是我想起他，彷彿一種展示，當他站在台前說明著企劃內容，我聽見的卻是另一道隱晦的聲音。

說著。更大的牢籠是自己。

我困在我的裡面。

然而我卻分不清真正的我是困住自己的那一個或是無以掙脫的那一個。

差一點我就提起她了。差一點。

在字句滑到唇邊的瞬間，我下意識抿緊唇將思緒吞嚥而下，偶然交錯的他和我很快便會各自離開這短暫的重合，我並不是為了他而是為了安撫自己；我退了一步，儘管他和我已經離得相當遠，但不得不藉由動作來提醒自己。

那裡並不是我該趨近的地方。

在這裡我和他是互不相識的兩個人，事實上我和他也從未認識，我們只是被賦予完成企劃的相同任務。僅此而已。

僅此、而已。

「恩綾、恩綾？」

「嗯。」我的思緒被用力扯回，同事納悶的站在我的面前，我揚起淡淡的微笑。「怎麼了嗎？」

「主任請妳整理好檔案之後列印一份給他，另外要把電子檔寄給所有參加企劃的人。」

「我知道了。」

將最後一段文字輸入文件，校對之後按下存檔鍵，開啟電子郵件將內容寄送給群組內的每一個人。包含他。

對他而言我只是群組之中的其中一個人，並且是不同公司的員工，企劃結束之後彼此的生活便會再度回到沒有另一群人的生活。

所以什麼都沒有必要多想，無論是關於他，或者、關於她。

我和他憑藉著偶然出席了同一場聚會，那是她的生日，所有人為了替她慶生而聚集在一間有著華麗吊燈並且鋪著原木地板的房間裡，空氣中飄著隱約的香氣，漫不經心的等著，也許幾分鐘後她就會推開那扇門帶著如往常一般柔美微笑，接著所有人會點起蛋糕上的蠟燭並唱起生日快樂歌，然後，做好迎接喧囂之後如漲潮般湧上的空虛與寂寞的準備。

彷彿所有的狂歡都是為了造就寂寞的延續，用以說明巨大的寂寞並非來自於自身。

身旁的朋友遞了杯氣泡水給我，淺淺啜飲了一口，刺辣感自我的舌間擴散，我才發現滑進體內是我鮮以碰觸的酒精，我猜想，或許從那瞬間就預寫了即將到來的故事。

那些藏匿在日常之中過於不尋常的細瑣。

我們的人生並不是由於特別重大的事故而更移了方向，而是毫不起眼的、以為無關緊要的、那些細微瑣碎的、即使努力也難以具體回想的那些什麼，一點一點將我們推離起先的軌道。察覺那一刹，事實上誰都無能為力。早已。

「怎麼那麼久還不來？」

「再等一下吧。」

躁動從房間的某個角落竄出，又或者起點是某個人的呼吸，逐漸，從低調的震動被集體旋轉到最大音量，她最親密的朋友打了幾通電話卻在長長的響鈴之後轉接給失真的溫柔女聲。

「她從來沒有遲到過。」

「大概有什麼事耽擱了吧。」

我感覺到在房間內快速膨脹的不安定，就是在那樣的氛圍之中，我，看見了他。

緊抿的唇讓他堅毅的側臉顯得難以親近，他站在不起眼的牆邊雙眼盯著那扇遲遲未被打開的門，即使到現在我仍舊無法說明，但也許，我心中的什麼從那一瞬間就開始在我體內膨脹，當時無論是誰都不會知道，我將玻璃杯裡的香檳色一飲而盡，熱，與隱微的暈眩，然後疊加在所有印象之上的是他的側臉。

忽然，擠壓在室內的不安定被應聲戳破，她終於打來電話並且要求朋友按下擴音鍵，整個房間靜了下來。只剩下她的聲音。

「謝謝大家特地趕來替我慶生，我花了幾個星期挑了一件非常漂亮的白色洋裝，也仔細選了搭配的項鍊和髮型，今天早上醒來的第一件事就是看向那件洋裝，我想，我的人生一直以來都像這件洋裝一樣美麗，並且被精心搭配上精緻的配件，走進華麗的房間迎接計畫好的慶祝，對大多數人而言那像一場美麗的夢；但是，我才剛醒來，這一切就是我每天醒來所面對的世界。」她輕輕的說著，「或許，我的存在不過就只是一場太漫長又太真實的夢而已。」

她的聲音總是如此柔軟，但那之中彷彿有種力量將每個人的神經越發挑緊。我握著玻璃杯，頭開始痛了起來，想找個位子坐下但細微的移動都可能扯斷某個人緊繃的神經，所以我只能忍耐。

「所以，我想離開這場夢成為真實的自己。」空氣之中彷彿有些什麼開始碎裂，「這是我給自己的生日禮物，雖然有些遺憾沒辦法和大家一起過。」

接著她切斷電話。

巨大的沉默籠罩在整個房間，在沉默裡卻又藏匿著鼓譟，我不自覺又望向他，他已經不在那裡。也不在任何一個位置。

突然，喧囂擠破了沉默，整個房間像被海嘯吞噬一般淹沒在她和他的聲音裡，我感覺自己幾乎要溺斃。推開門不帶任何痕跡的走出房間，踏出的那一刻我旋即被菸草氣味攫獲，我抬起頭看見他站在那裡。

隱沒在煙霧之中的他的情緒卻難以看見，接著他的目光和我短暫交錯，沒有任何停留。

他將抽到一半的菸捻熄。

頭也不回的離開。

但煙霧卻久久不散，而那氣味滲透進我的胸腔，我往前踏了一步，高跟鞋敲打著地面的聲音拉回了我的思緒。我的手裡還緊握著玻璃杯。

進退兩難。

人們都以為她不過是心血來潮，彷彿所有擔憂在隔了一夜之後也隨夢消散，她擁有太過美好的生活，沒有人會輕易捨棄，更遑論是從未離開過美好生活的她。

然而一天一天過去了，她始終沒有回來，但擔憂卻還是沒有在她和他之間聚積，她逐漸成為一個話題，也如同其他的話題一般淡化在她和他的生活裡。

或許，像她說的，屬於她的一切近似於夢，人們醒來之後即便還留著夢的痕跡卻在吞下三明治喝完咖啡之後也輕易的忘卻。

我也是。

她是朋友的朋友，在幾次聚會見過面稍微熟稔了些，沒有太過深刻的感情，也沒有足以談論的記憶，所以我也逐漸將她淡忘，然後，生活並沒有任何不同。

少了自己的世界並不會停止運轉，甚至會以殘忍的流暢毫無窒礙的推移，沒有人說話，卻沉默的襯托出這一點。

因而即便我們的生活裡消失掉一個不那麼近也不那麼遠的人，其實也沒有自己所想像的那麼重要；我們以為自己會懷念，卻不知道那些懷念裡蘊含的並不是對方，而是藏匿在影子裡的自己。

這並不殘忍。

因為我們都明白，在我們有限的生命之中只要出現一個刻骨銘心的人，便已經難以負荷。割捨不下那個人，於是只好，將其他的人清空扔棄，並且有某些偶爾，我們不得不失去某部分的自己，換取存放對方的空間。

那才是一種殘忍。

我並沒有認出他來，即使一起開了兩次重要的會議也參加了餐會，他並沒有喚醒我沉睡在夾層的記憶。直到他點燃那根菸。

陌生又熟悉的氣味若有似無的挑動著我的神經，我並不喜歡菸味，總是避開公司能夠供人抽菸的區域，這裡不能抽菸，我正要開口卻看見藏匿在忽而濃重忽而薄透的煙霧之中的他的側臉。

然後，我想起他盯望著那扇門的神情。

「有什麼事嗎？」

他轉過頭以不帶感情的雙眼注視著我，微微皺起眉我的視線滑落到他拿著菸的纖長手指，我將手中的紙杯扔進垃圾筒。

「這裡不能抽菸。」我以冷靜的語調不輕不重的說著，「顏副理如果想抽菸的話，過去一點是抽菸區。」

「是嘛。」

他滿不在乎的將菸捻熄，眼前的他彷彿和記憶中的模糊畫面重合，他看了我一眼，沒有任何招呼逕自走進大樓。

凝望著他逐漸縮小並且融進背景的身影，彷彿有一道界線，踏過之後他的身影忽然消失在我的視野，我試著分辨出那一個區別，卻找不到足以佐證的畫面。

我忽然想起來，那天我和他有過短暫的交談，但直到這一刻之前我都沒有想起這件事。

他瞄了我一眼又將目光轉回遙遠的某一點，即使不說話也能感受到他的驅離，不要靠近，我眨了幾次眼，因為煙霧的緣故，酒精緩慢的在我體內發酵，和混進呼吸的菸味以微妙但危險的方式揉合在一起；我的身體也被尼古丁侵蝕了吧，我突然這麼想。

「室內不能抽菸。」

「這裡是門外。」他似乎勾起了嘴角，又或者沒有，「妳要怎麼區隔室內和室外，因為這裡是鋪著地毯又有著挑高屋頂的地方嗎？」

「因為這裡不是最後一扇門的外面。」

其實我也忘了自己為什麼會這麼回應他，也沒辦法肯定他那長久的注視是不是我的想像，但是他捻熄了菸。只抽了一半的菸。

「那妳知道怎麼區分夢和清醒嗎？」

他的語調中透著一種飄渺，那時候無法進行額外的思考，現在才稍微意識到，或許他指涉的是她。

「能醒來的是夢吧。」

「但妳真的能分辨自己是真的醒來，還是以為自己醒來嗎？」

我沒有回答。

又或者在我回答之前他就轉身離開了。

站在原地我凝望著他消卻的那一點，我想他和我不一樣，和每個人都不一樣，她並沒有在他的生命中成為一個話題最後逐漸淡出，而是隨著時間的流逝逐漸加深她的痕跡。

我知道，那樣的痕跡在很久之後會被稱為空缺。

02

貓躺在圍牆上隱身於街燈拖曳的影子裡，我停下腳步張望著圍繞於光亮打轉的飛蛾，鵝黃色的光芒在我眼底暈染開來，那彷彿是一種幻影又如同一種隱喻，我們所追逐的，不是太陽也不是火焰。不過是一盞街燈。

然而靠得太近卻只能看見絢爛的光景，沒有餘力足以分辨，所謂的看清總是很久之後的事了，身處其中的人，無論是誰，都沒有看清的可能。

即使退了一步又一步終於看清那不過是盞街燈，卻也改變不了深陷於血肉之中的曾經，被稱為愛的奮不顧身如同鬼魅般終日在那光暈裡盤旋，哪裡也去不了。

「看著這樣的妳，我總是在想，妳究竟在想些什麼呢？想著的，是不是也會有我？」

「即使想著的是你也不會讓你知道。」

「為什麼？」

「一旦這麼告訴你了，或許你就會感到安心，就再也不去猜測我在想些什麼了。」

「因為女人必須保持神秘感嗎？」

「不是。」你的眼尾延伸的是寵溺的笑意，指尖輕輕滑過你的頰邊，最後落在你的胸前，「我希望你能想著我，就算我在你身邊你依然想著我。」

「我以為妳不是貪心的人。」

「人都是貪心的。」我斂下眼不讓你看見我眼底流轉的感情，你的心跳微微震動著我的指尖顫動著我的心思，「特別是對……」

愛。

「特別是對什麼？」

「對——」

貓忽然起身跳離我的視野，我聽見哪個人的腳步聲，旋過身卻什麼也沒有。雙手不自覺緊握著提帶，凝望著隱匿於黑影之中的某些什麼卻只看得見黑影自身，斂下眼我轉身走出，走出這條靜默得只剩下飛蛾的街。

「妳說，希望我能想著妳，即使妳在身邊也依然想著妳。」

「但是，想念著就在身邊的人，比寂寞還要更加寂寞。」

褪去身上的衣物讓冰冷水柱沖打在肌膚上，從一數到十，旋緊水龍頭我聽著迴盪在浴室裡屬於沉默的聲音。

太過喧囂。

套上衣服隨意擦拭著頭髮，電話響了一段長長的時間，我沒有走近任憑粗暴的鈴聲佔據整個房間，無論是誰都不那麼重要。於是像兀自闖入一般又毫無預警的停了。喝了一杯水，淡淡的氯的味道觸動著舌尖，我在餐桌旁坐下，抬起頭，這盞燈沒有飛蛾。

電話又響了起來。

帶著不願意放棄的姿態，我終於站起身拿起客廳桌上的電話，陌生的來電，我又遲疑了一會兒，最後以冷淡的聲音連結起另一端。

「喂？」

「是恩綾嗎？」

「請問是哪位？」

聲音非常的陌生，來自遙遠某處的失真，我安靜的等著對方漫長的沉默，她喊出了我的名字，彷彿基於這微弱的理由我就喪失了掛斷電話的權力。

「請問——」

「是我。」她說出了自己名字。

怔忪了一段時間，像是預料一般她只是等著，是她，我想著，也許她會成為捲土重來的話題，但那與我沒有太大的關聯。

「抱歉，突然打電話給妳。」

「有什麼事嗎？」

我和她之間並不特別熟稔，我想不出任何她必須聯絡我的原因，幾乎是下一個瞬間我便想起他的側臉以及縈繞在鼻尖的菸的氣味，我覺得有些乾渴，走到餐桌才剛拿起水杯她就說話了。

「我只帶了錢包和車鑰匙就出門了，所以來到很遠的地方之後也沒有辦法和任何人聯繫，在自由之後我突然感到非常強烈的眷戀，打了電話卻只和家人說了『我很好』就怯懦的掛斷電話，害怕只要多一個聲音我就會想起那場夢──」

「為什麼要打給我？」

打斷她的話語，假使他的存在沒有那麼深刻我會安靜聽她將話說完，或者陪她聊幾分鐘的天，但是我的體內卻醞釀著躁動，彷彿只要她對我多說一句話，就將我往他推近一公分。但就連一公分對我而言都帶著危險性。

我的生命裡已經騰不出任何空位。

然而我太過在意他，打從一開始就在意得太過不尋常。

「對不起。」她輕輕的說，我記不得她的聲音是不是從以前就透著哀傷，「因為錢包裡留著妳的名片，我以為我除了錢之外什麼都沒帶，妳的名片卻躺在夾層裡。」

偶然。以她為端點延伸出的一個又一個的偶然。

「雖然我沒有立場這麼麻煩妳，妳也沒有義務幫忙，但是，我也就只能請求妳了。」她的呼吸隱隱約約勒住我的脖子，「我沒有和他說再見，我以為不需要，我以為那樣的宣告就是對每個人公開的道別，但離開之後我突然感到劇烈的不安，我害怕他會成為那場夢永遠無法消散的殘影；所以，請妳，替我轉告他。」

他不過是，她想脫離的那場夢的。殘影。

我們都只是，某個她或他生命中的殘影。
卻掙扎著，企盼成為那完整的。倒映。

我沒有答應她，也沒有拒絕她。

夜還不那麼深但我今天毅然放棄任何入睡的努力，吞了兩顆安眠藥，我一直避免自己依賴這些溶解在我的體內並且癱瘓精神的藥物，奪去了所有夢的可能；儘管我不那麼喜歡一個又一個接續的夢境，仍舊想保有那跳躍而失卻邏輯性的，難以被歸類為記憶的畫面。

躺在柔軟的床褥之中，屬於我的意識一點一滴向下沉淪，我想伸出手卻癱軟無力，我忽然想起或許那層層堆疊而起的理由，即使不得不輾轉反側大半夜仍舊抗拒著藥物的堅持，不過是為了掩蓋藏匿在我體內巨大而荒謬的懼怕。我害怕。害怕那想抬起手卻難以動彈的無能為力。

「儘管我們明白海的另一端連接著某個岸上，卻依然深陷於它的無盡，我們貧瘠的想像力在到達岸邊之前就已耗盡。如同愛。儘管拚命的想著不遠處有著幸福快樂的可能，總有一天我們能夠靠岸，然而在那之前，愛已經不是起初讓人想沉浸其中的海洋，而是隨時都可能讓人溺斃的，無盡。」

無盡。

我的意識散落一地，彷彿摔碎的紅酒杯，滿地閃閃發亮的殘骸，遠看那樣美麗，走近卻是一片荒蕪。一不小心便會扎出血。像是一種反諷。

無。盡。

「因為我愛著妳，不是，因為我深深的愛著妳，也許有一天會不得不離開妳。」

我不顧一切的撿拾著玻璃碎片，那些疼痛那些血痕都無所謂，只是在某一瞬間我忽然無法繼續相信自己編織的謊言，凝望著閃閃發亮的碎片，無論多麼仔細撿拾都會有所遺漏，又或者收集了所有散落終究會混進塵沙。

並且，再也拼不回起先的紅酒杯也盛裝不了你的愛或者你的淚。

「妳成為了我的無盡，妳是我耽溺卻難以呼吸的海洋，然而妳卻站在岸上，不發一語的張望著。彷彿，妳正在尋找著我，卻總是看不見在妳眼前泅泳的我。」

我的意識陷入深不見底的黑暗，吞噬了所有的什麼也掩蓋了那裡沒有的什麼，我看不見，什麼也看不見。

「但是我就在妳的面前。」

什麼也。看不見。

我總是刻意避開能牽引出屬於你的記憶的一切，特別是這條你總是等著我的街，沒有光亮的街燈因而你總是擔心，於是你成為了我的街燈。

提著塑膠袋我停駐於街的開端，日復一日繞開這條直直通往住處的街，儘管如此我卻從未湧生搬離的念頭，或許是想，當你回來的那天你還能旋開那扇門，所以我的鎖沒有換，彷彿還留在你掌心中的那把鑰匙是我和你之間最後的羈絆。

「我走了。」

「鑰匙，你帶著吧。」

你深深凝望著我，留下綿綿長長的沉默，你用力握著鑰匙，上頭掛著去年秋天一起買的吊飾，成對的，我明白那把鑰匙會成為你的懸念，卻依然想留下一條你能拉著返回的絲線。

我幾乎以為你會鬆手，在那瞬間你跨過了兩個人之間被拉扯開來的空白，將我擁進懷中，泛開在你胸口的疼痛沾染上我的肌膚，我又幾乎以為你會留下，然而我所以為的幾乎都迎來相悖的結果。

你走了。留下屬於你的沉默。

而我，還在這裡。守著綿綿長長的沉默。踏前了一步，步履蹣跚的彷彿我踏過的不是空氣而是更加黏稠的介質，缺乏水分的想望瀰漫在這條街，我踏上，在想望裡落下深深的足印。幾步之後我到底還是轉身逃離，往反方向快步奔跑。奔跑。

我知道，我能逃離這所有的一切，也能逃到所謂世界的盡頭，卻終究逃不過自己；我的奔逃不過是徒勞無功，但我卻總是用著徒勞無功來遮掩另一個徒勞無功。

我只能逃。

——我害怕他會成為那場夢永遠無法消散的殘影。

劇烈的喘息，我停在陌生的街角，無力的蹲坐在牆邊，街與街的交錯與糾結，纏繞著我紊亂的思緒，她想離開她漫長而虛幻的夢，我卻想回到那場結束得太快的夢。

但你卻決定醒來。

「顧小姐？」

抬起頭我花了幾秒鐘才分辨出眼前的他，蹲踞著的我與站立的他，彷彿打從一開始我和他就處於截然不同的位置；然而太多的偶然落在我和他之間，你曾經說，經歷了一個又一個偶然之後那些偶然終有一天會成為必然。必然。

我在我的夢裡流連，而他、被留在她的夢裡。

緩慢站起身，我往後退了一步，或許太過刻意了一些，此刻的我無暇顧及，勉強扯開嘴角，他沒有探問我也沒有說明的準備。

「我先走了。」

「嗯。」

他踏著堅定的步伐往前方走去，恍惚感猛然朝我襲來，她的聲音敲打著我的意識，來自遠方的她的懸念，以及晃動在懸崖邊緣的他的意念，她鬆了手將懸念擱在我的肩上，我想我應該毫不猶豫的從肩上取下交付給他。

然而，一旦遞送到他的手上，晃動在懸崖邊緣的他，也許，會一口氣往深淵墜去也說不定。

但我沒有任何承擔這一切的必要。

——請妳替我轉告他。

所以只要乾脆的交給他就好。過去不相干的他以及我，往後也不會有所關聯。

不會。

「顏副理。」他停下腳步側過身不帶感情的望著我，「沒什麼。」

於是我凝望著他離去的身影，最終被吞沒在人群之中，成為那難以分辨的某個人。

也許從這一瞬間開始，我和他之間的偶然就成為了必然。她的懸念擱置在我的肩上，從此成為我的懸念。

「對不起，我不想日復一日陷落在這場夢裡，總有一天會被綑綁在深處無以掙脫，我想醒來，但你屬於那場夢，所以我不能帶走，連一點痕跡我都，沒有帶走的意思。」

03

結束了最後一場會議，禮貌性的握了手，他推開會議室的門，走出了我的日常。

就到這裡為止，我想著。

然而他卻踏進了日常的延伸之中，以迷離的煙霧，勾動著那細微的神經，以不帶感情的雙眼安靜的注視著我，彷彿看穿了我所藏匿的秘密。關於她也關於我自己。

「這裡是抽菸區。」

「我知道。」

「那為什麼還要皺著眉盯著我看？」

「我以為尼古丁能舒緩神經。」

「所以？」

「但你抽著菸的表情帶著一種難以言喻的哀傷。」

「哀傷。」他嘲諷的勾起嘴角，毫無預警的猛然抓住我的左手臂將我拉近他，菸的氣味混著他的氣味，「是妳看見的哀傷還是，妳想像出來的哀傷？」

忽然他鬆開我的手，回到起先的姿態彷彿一切從未發生，捻熄了菸我凝望著他的指尖，那是和你相似的纖長手指，但你的指尖沒有染著尼古丁的氣味。

「說不定是屬於我的哀傷。」

我以幾不可聞的聲音喃喃說著，他也許是聽見了，又也許沒有。我以為他會離開，他卻燃起了另一根菸，任憑它在指縫中燃燒，嗅聞著飄動的煙霧，凝望著那反覆的消卻與失去。

——你會回來嗎？

斂下眼我盯望著菸的火光，微弱的，而確實將實體燃燒成為飄渺的煙霧與空無；我猜想無論是誰的體內都燃著如此的火光，以幾不察覺的方式逐漸將每個人的存在化為薄霧，融進他或她的呼吸，卻分不清這究竟是這個他或者那個她。

我們的人生總是盤根錯節又難以追尋。

「她不會回來了。」

他的視線驀地揪住我，同樣是沒有任何表情的臉龐但那雙眼卻深不見底，別開眼我望向他的鼻尖他的唇他的頸最後落在他敞開衣領微微露出的鎖骨。

「跟妳沒有任何關係。」

「我希望這一切跟我沒有關係。」抬起眼迎上他的，藏匿在深處的憤怒醞釀在他的眼底，我觸碰到相似的惆悵。我等著你打開門，他等著她回來，等待在我和他的體內形成巨大的黑洞，吞噬著自己。「但她打了電話給我。在幾天之前。」

菸熄了。還留著白色的迷濛。

也許等到煙霧散盡，我們就能看清、不得不看清橫亙在眼前的一切。絕不是荒蕪，單純只是沒有那個她或者他而已。僅此而已。

人生就必須如此被反覆踏過。逼迫著自己踏過。踏過那些曾經那些幻影那些海市蜃樓。踏過所謂的等候。

「即使有一天她回來了，也不會是你等的那個她了。」

而等在原地的人們，也不會是從前的那個自己了。

你始終沒有回來。

秋季之後又迎來另一個秋季，生命無聲無息的推移，而燈也無聲無息的熄滅；我終究搬離了起先的住處，在一年五個月的等候之中我微弱的期盼也逐漸蒸發殆盡，剩下了原封不動的沉默與膨脹的寂寞。

所以我帶走了僅剩的自己。

填補上另一個我不那麼熟悉的自己。並且過著其實我不那麼習慣的生活。

「抱歉，沒辦法在預定時間離開公司。」

「沒關係。」芸歆愉快的笑著，「能走得出公司就夠了。」

「沒錯，特別是責任制，背負著莫名其妙的責任，連跟自己無關的責任也不得不扛，就算走出公司也卸不下，所以才有那麼多人拖著疲累的身軀徹夜狂歡。」

安搖晃著玻璃杯裡的檸檬水，彷彿試圖從反光之中找尋某些線索，但她最後啜飲了一口水，吞嚥下所有的可能。

「這些都不是重點，把什麼都拋到腦後才是重點。」

聽著玲奈的話每個人都笑了，接著是彼此錯落的對話，說些什麼並不那麼重要，而是在某些時刻我們不得不說話，偶爾是為了維持空氣的流動，偶爾是為了讓自己能夠獲取足夠的氧氣。

當耳邊充斥著聲音，我們就能想著聲音。只想著那些聲音。

「聽說她還是沒有回來。」

她。

「那已經不重要了。」安滿不在乎的翻動著生菜沙拉，像是她的話題和眼前安不感興趣的前菜幾乎有著相同意味，「等她真的醒了就會開始後悔當初為什麼不一輩子作著夢就好，人吶，總相信著幸福快樂在遙遠的他方，所以開始往前奔跑，拚命的跑著，也遠離了當初近在咫尺的幸福。回過頭走到原處想宣告一切再度回到原點，但當初自己放棄的，在這個時候也全都放棄自己了。」

安說，用著輕描淡寫卻意味深長的口吻，「什麼都會改變。無論是什麼。在我們的人生之中沒有什麼是不會改變又或者不會被改變的。」

「總之就是天真。」芸歆淡淡的回應，「但畢竟是她的人生，也許離開之後她真的感到快樂。」

「說不定有個人始終在等著她。」

「如果是我，那不會成為我回來的理由。」安的嘴角帶著一絲嘲諷的味道，「能為了某個人回來，那麼打從一開始，為了那個人我就不會選擇離開。」

忽然他冷漠的雙眼滑過我意識邊緣，抿緊的唇鎖住了所有感情，鼻尖彷彿繞著若有似無的氣味，屬於他的屬於記憶的，又或者他的氣味包含著她的。

「何況，想打破現狀就不得不承受現實的背叛。因為她先背叛了起先安靜無波的現實。」

「什麼意思？」

「我要訂婚了。」安忽然說，「和她的未婚夫。」

她的未婚夫。

吞嚥下帶有澀味的紅酒，任憑酒精逐漸蔓延在我的體內，他的臉龐散落在意識之中，也許是他，莫名的我發現自己極力抗拒著這個事實；彷彿一旦他挽著安的手接受眾人的祝福，同時也背叛了所謂的愛情。

然而沒有人必須耗費一生進行無止盡的等待。

我不過是自私的將自身的期盼投影在他的身上。

安將請柬遞交給餐桌上的每一個人，我沉默的收進提包裡不願意窺探主角的姓名。

「或許，我應該感謝她的離開。」安鮮紅色的指尖來回滑過玻璃杯杯口，視線落在某個遠方，「從很久以前開始她就像一道翻越不過的牆擋在我的面前，任何的什麼都不得不與她同時被擺上桌面比較，所以我拚命的往前跑，但越是拚命越是無能為力，終於在某個瞬間徹底被擊潰。不是她做了什麼，相反的是她從來沒有想和我競爭的意思，這個事實讓我成為最荒謬的背景。」

「我恨過她，儘管這從來就與她無關，但我也慶幸過，至少我稍微學會了示弱，讓那個人的溫暖能夠流進我的胸口——」安扯開若有似無的笑，讀不出任何感情，「但正當我試著伸出手，那個人卻先牽住了她的手，並且用著太過溫柔的口吻告訴我，『謝謝妳讓她走進我的生命』，於是我的愛情不得不噤聲，不得不，沉沒。」

沉沒。安的神情帶著飄忽。

我想起安便是我和她的接點，我知道她在安的生命中扮演著相當重要的角色，安卻總是輕描淡寫的提起她。從小認識的人。安甚至從未提及朋友這個詞彙。

安太過擅長藏匿感情，也慣於將自己收納在不透光的夾層，也許是由於酒精牽引出安的吐露，然而我想過於複雜的心情本就難以承受。

「接著她突然宣告離開。離開。」安冷冷的語調落在每個人的呼吸之中，「像是那些我們想得到卻無法得到的一切對她而言不過是隨手就能丟棄的東西，我從來沒有像那一瞬間那麼恨過她，尤其是看見那個人悲傷的表情，我告訴自己，無論她是不是會回來，我都想緊緊抓住。」

我斂下眼，將杯中的紅色液體一飲而盡。

「當她回來那一刻，她會知道，那些她所擁有的，已經成為一片沙漠。」

安的訂婚儀式在有著湛藍天空的星期六，我穿著許久未穿的淡藍色洋裝，搭上公車時我忽然想起上一次穿上時是她的生日。也是她離去的那天。

公車不穩的搖晃著，我凝望著昨晚仔細塗上的珍珠粉指甲油，右手無名指的邊緣有一小處空白，儘管不那麼起眼卻讓人在意了起來；我反覆摸著那一小處空白，想著即將挽起安的手的男人。

我始終沒有打開請柬，在與友人的閒聊之中我確實記下了儀式的地點與時間，隱約的悵然揪住我的胸口，伸手按了下車鈴，司機急遽的剎車緊握著吊環我幾乎支撐不住自己的重量，在未竟的踉蹌之中我步出了這頭巨獸，混濁的空氣毫不留情的竄進我的胸腔。

眼前的飯店華麗得讓人感到卻步，彷彿我即將踏入一場恍惚之中，或許這整座城市就是由他和她的恍惚交織而成的更加巨大而虛幻的恍惚，絢爛的顏色麻痺著集體的知覺，灰黑的寂寥又挑動著神經，最後眾人的意識被吞沒在一個又一個的假想之中。

我們共同舔舐著寂寞，卻又集體假裝那裡不存在著寂寞。

小心翼翼的呼吸，我移動著步伐往儀式會場走去，安的朋友和她的朋友大多是重疊的，我想，也許不久之前相同的一群人同樣穿著正式服裝以熱絡的姿態祝福著她，每個人都明白，於是每個人都假裝那裡不曾有她。

她成為了被集體蓄意抹去的記憶。

那並不殘忍。我想著。自從她試圖將所有她生命中的人的顏色抹去那瞬間，她就失卻了控訴的資格。

「會瞧不起我嗎？」

「為什麼？」

「我知道，參加儀式的人大多掛著虛偽的面具，儘管那些人長久以來都同時擁有著我和她的友情，然而一旦被迫進行取捨，我想連猶豫都不需要，我不會是那個選項。」休息室裡只有我和安，安對著鏡子輕輕摸著盤起的髮，「我知道，在他們的眼中我不過是一個卑鄙的掠奪者。」

「那又怎麼樣呢？」

安抬起眼望向鏡中站在她身後的我。注視著倒映的她的面容，儘管一模一樣卻帶著失真，我們總是以為看見了，卻沒有察覺鏡面省略了不可計數的細節。

「那是妳的愛情，妳的選擇，跟我沒有任何關係，跟其他人也沒有關係。妳可以在乎，也可以不在乎，對我而言那都無所謂。」我將目光移往鏡中的自己，熟悉卻陌生的自己，「後悔的話現在就脫下白紗，沒辦法的話，就不顧一切的抓住他。」

她淺淺的笑了。

「我不想，讓自己的愛情沉沒在不見天日的深淵。」安轉過身，伸出手輕輕握住我的，「我不想放手也不會放手。」

安深深凝望著我。

「昨夜，在只聽得見自己呼吸的幽黑之中，我安靜的凝望著自己，想著自己，想著那個人，想著自己的愛，也想著她；忽然我無法那麼肯定，我懷抱的愛情裡沒有一絲對於她的恨意與報復，但到了這一刻，似乎這也不重要了。」

安長長的睫毛輕輕搧著，搧著。

「重要的已經不是愛的裡面承載了什麼，而是那所有的一切都被包裹進了愛裡。」

包含假裝。包含欺騙。包含欲望。包含、細微卻具實的，動搖。

門忽然被推開了，安鬆開我的手，轉過身我看見走進來的男人。他。

他的姿態彷彿我並不存在，直直望著安，我讀不出他眸中的思緒，也不想多做揣測；然而我的心臟傳來隱約的刺痛，我希望不要是他。但這一切和我的希望全然無關。

然而安沒有揚起笑容。他也沒有。兩個人臉上拉扯的緊繃與抿起的唇，彷彿這不是一場美好的婚禮，而是肅穆的喪禮。

高掛在黑白相片中供人弔念祭拜的是一份愛情。

但那是誰的？

或許每個人的愛情都需要一場喪禮。

「妳連一點猶豫都沒有嗎？」

「沒有。」安堅定的注視著他，「就算必須赤著腳踏上佈滿尖石的路，我也沒有任何猶豫。」

「她一直把妳當作最好的朋友。」

「最好的朋友？」安冷冷的喃唸，「那麼她應該要知道，我從來，沒有將她當作朋友。」

「妳——」

「更何況，她也許再也不會回來了，你難道要拖著所有人跟她一起陪葬嗎？」

「她總有一天會回來。」

「那又怎麼樣？」安瞪視著被憤怒拉扯著的他，往前逼近了一步，「每個人都會改變，停留在定點只會迎來無奈和無力而已，你以為，這個世界能夠仁慈的為她一個人停止旋轉嗎？不會，我不會，其他人也不會，你選擇待在原地打轉那麼就轉吧，我不在乎她是不是會回來，打從一開始就是她選擇放棄這一切。」

在深深的呼吸之後安沉默的望了我一眼，手輕輕握了我的又旋即鬆開，接著走出瀰漫著憤怒的休息室。門被輕輕推開又再度被闔上。

我不該身處於此，但我卻在這裡了。我不該和他再度分享同一個空間，但他卻在這裡了。

他緊緊握著拳，彷彿被拉扯到了危險的臨界，安靜的注視著他繃緊的側臉，忽然想給他一個擁抱卻意識到我想安慰的並不是他而是自己。

我同樣想施力拉著世界讓所有的一切定格在你離去前一秒鐘，然而自己卻不得不被世界拖行著往前，抗拒著的同時卻比誰都還要清楚的知覺到那一步步的移動。

於是我不敢回頭，也不敢鬆手，害怕一旦鬆開雙手便會被甩落到某個失卻了一切的時空。這樣的我們看不見選擇，也放棄了選擇。

最後我伸出手輕輕覆蓋著他緊握的左手，我想起這是沾染著尼古丁的那隻手，他的身體微微一顫，緊繃感傳遞到我的身上，我不看他，只是凝望著我和他的手。

接著我聽見熱烈的鼓譟隔著單薄的門板傳來，被阻隔的喧鬧將我和他和其他人切割開來，忽然他將我拉進懷裡，太過用力的擁抱著我。

我沒有掙扎也沒有回應，我知道，這一瞬間我只是她的影子。

於是我閉上雙眼，讓自己隱沒在她的身後。

我和他離開了明亮燦爛的儀式會場，餘光中看見挽著安的男人，我分辨不出男人笑容中究竟含藏多少真心，但其實我們從來就無法精準的看穿被另一個人藏匿在血肉裡的感情與思緒。

踏出會場身後的儀式彷彿被模糊化，他停下腳步燃起一根菸，我身邊沒有多少人慣於抽菸，而這氣味逐漸被劃分歸類在屬於他的記憶裡；我斂下眼，目光落在洋裝裙襬的邊緣，精緻的緞面接續的卻是灰黑的粗糙地面，像是一種隱喻。我又看見右手無名指上的空白。

「妳進去吧。」

「安會理解的。」抬起眼我迎上他幽黑深邃的雙眼，彷彿一座探不到底的深潭，「何況，這整個儀式就像是一場集體演出。」

「演出……」他冷冷喃唸著。

「不得不這麼做，不得不大張旗鼓的宣告，為了讓所有人有個確實而堅定的憑藉，從這一刻開始，精準的，就從這一個動作所有的一切有了新的開始。如果不這麼做，或許會被困在某一個定格也說不定。」我嗅聞著他燃著的菸的氣味，

「因為，待在原地的人，必須承受的不僅僅是記憶，還有越離越遠的，世界。」

他深深吸了一口氣，忽然捻熄了手中尚未沾唇的菸。

「妳——」

我等著他的接續。然而那裡並沒有準備好所謂的接續。

他凝望著遙遠的某個他方，神情像是一種哀悼，忽然我明白，在他身上我看見了相似的影子，並非我自身的倒映，而是我曾經企盼能夠擁有的影子。

我希望自己能深刻的愛上某個人，卻總是在最後一刻猶疑，我愛過生命中的某些人，但那也只是愛過。

「妳說過，她不會回來了。」

薄霧飄散在空中而後消逝無蹤，隱約的氣味彷彿證明卻又恍若想像，眼前的一切太過真實又太過虛幻，當一切偏移了現在這一點同時遺落了確實性。失真的記憶，與編造的畫面，從來就沒有一個人能夠斷言。

我們只是相信著自己想相信的一切。

「但是，我卻還在這裡。」

然而我們卻無法永遠站在原地。儘管是美麗的花，在盛開之後迎來的同樣是凋謝，在我和他胸口綻放的曼陀羅滲著毒，卻因為太過美麗而移不開視線。於是我們企盼定格在這一瞬間，眼底留著的卻不過是凝望過久產生的殘影。

你是水。她也同樣是水。離了水的花在凋謝之前也許就先枯萎。我不知道究竟花的凋謝讓人比較心痛或者，花的枯萎讓人更加心疼；那總之，都不是起先誰冀望的結果。

但不走向那結果，我和他就會成為凋謝或者枯萎的花。

「她選擇了之後。」我斂下眼，以安靜的姿態緩慢的說著，「在她世界裡的其他人也不得不開始進行選擇了。」

我推開咖啡廳沉重的木門，繫在門上的鈴鐺清脆的響著，張揚著所有人的踏入也宣告著所有人的離去。

他坐在角落靠窗的位置，凝望著街的雙眼彷彿凝聚著濃重的思念，注視著這樣的他總讓我湧生難以說明的延伸，彷彿為了他的執著而稍微靠近了愛情，卻又因為走近了愛情而為了他的執著感到悶滯的疼痛。

「等很久了嗎？」

「沒關係。」

他的唇邊泛開淡淡的笑容，他的接受中透著疏離，在他對面的位置坐下，鵝黃色的燈光暈染了整個空間，點了一杯曼特寧，服務生帶著燦爛明朗的笑容前來也同樣將光亮爽朗的愉悅帶走，留下了恍若想像的隱約。

「頭髮剪了？」

「嗯。」我摸了摸落在頸邊的髮梢，你總是用指尖纏繞著我的長髮，輕輕滑過我的臉頰，帶著寵溺的笑，「覺得這樣比較清爽。」

他忽然笑了。

「怎麼了嗎？」

「冬天才剛到，像是要抵抗季節一樣。」他伸出手指尖輕緩的撫過髮的邊緣，「但這樣也不錯，能深刻一點的感受到季節。」

越是奮力抵抗卻會清楚感受到自己所抵抗的存在。

他收回手，啜飲了一口瓷杯裡的褐色液體，儘管仔細凝望著他飲入的神情依舊分辨不出他是否加了糖又嚥下了什麼味道，也許是苦也許是酸又也許是澀，又也許是溫厚的醇。

「冬天是我最喜歡的季節。比起任何時刻，冬天最能讓人感受到具切的溫暖。」用湯匙緩慢攪動著面前的曼特寧，「我不喜歡隱約模糊的存在，我一向不擅長分辨記憶或者想像。」

——也許有一天，我也會成為妳的想像。

——就只是妳的想像。

「那並不重要。」他說，用著輕緩的飄渺，「一旦不在眼前，那就不再重要了。」

握住他的手卻別開眼望向行人的來去，逐漸在掌心擴散的溫度爬上我的肌膚，一寸一寸逼近心臟，我感到細微的恐懼卻忍耐著移動。他沒有說話卻也沒有扔出沉默。像是融著海水與河水的交界，那裡離海那麼近卻不是海，離河那麼近卻不是河，那裡什麼都不是又什麼都是。

如同我和他之間，也許什麼都沒有，又也許什麼都有。

沒有任何說明，我和他逐漸走到彼此身邊，隔著一段安全而危險的空白，安置著她也存放著你，一旦擁抱對方便不得不連帶將她和你揉進懷裡，所以我們並不擁抱只是手牽著手試圖在有限的碰觸之中汲取溫暖。

他的體內含藏著她的存在，而我的心跳中帶著你的痕跡，彼此都察覺如此的前提同時略而不談，我知道，他也同時明白，對於我們而言這是一種溫柔的殘忍；然而在彼此之間的某個人感到灼燙之前，我和他至少能在彼此身旁相互取暖。

至少，能在想起你時隱沒在他的影子裡。

「一顆方糖太少但兩顆方糖又太多，簡直像是苦澀和甜膩的取捨，你說該怎麼辦呢？」

「把方糖切成一半放進我的杯子裡吧。」

「但你的咖啡總是不加糖。」

「多一點甜分沒有關係，何況是妳給的。」

「一旦把某些存在分成兩半，我總是在想，多出來的那一份擺在那裡孤零零的，每個人都看得見那份孤單，所以總有一天會有哪個人撿拾而起；但是，看不見的那一半，同樣寂寞著卻沒有人能夠看見，於是寂寞就只會是寂寞。」

「所以我在這裡。」

「嗯？」

「在妳的身邊。陪妳一起承接另外的一半。因為堅定的相信著，自己體內遺落的那一半就在妳的身上，所以我的寂寞和孤單也找到出口。」

「所以你在這裡。」

「我在這裡。為了妳的寂寞也為了妳的愛情。也為了，我自己。」

睜開眼迎來的是一片漆黑，拉上的窗簾擋去了月光也遮住了未熄的燈，兩點四十七分，腳尖碰觸到地面的瞬間強烈的冰冷猛然襲來，忽然有一瞬間的空白，閃現了某些什麼卻無從分辨，彷彿滑過指縫留下隱約的觸覺瞥見消逝前的尾巴。而我站在這裡。

睏倦之中失卻了睡意，拉開窗簾，閃爍的燈光浮動在眼前，沒有月亮，也沒有任何星光。

坐在窗邊我望著角落裡濃縮的黑影，裸露的頸項承受著空氣的冰冷，這還不是真正的寒冷，我想著。

我好想你。

閉上眼溫熱的淚水從眼角滑落而後成為更深的冷，我猜想儘管過了那麼久，我始終沒有承認過你的離去，於是我的體內便不存在著寂寞與思念；然而寂寞與思念確實的在我體內膨脹，擠壓著體腔邊緣。

我從未允許自己思念，彷彿一旦開始思念，你就不會再回來了。

然而，縱使逼迫著自己不能思念，我的意識我的血肉我的肌膚我的呼吸都早已染上思念的氣味。

——你會回來嗎？

直到你闔上門的動作終止的那一點，我終究沒能說出口，也許說了能改變什麼，又也許什麼都不會被改變；但我害怕，害怕從你口中說出斷然的不會。

所以，當她在電話那一端以清晰的聲音說出她不會回來，像是拿著針狠狠扎進我的心臟，你的聲音疊加在她的字句之上，我忽然感到強烈的恐懼以及憤怒。

「為什麼不親自對他說？」

「我害怕被他拉回那場夢。」

「所以，妳就自私的說了再見，就摀起耳朵逃離？」

「我只能選擇自私。」她的聲音輕輕淡淡，卻承載著濃濃的哀傷，「我並不愛他，但人總會被對方濃重的愛情誘惑，即使自己什麼都不給也沒關係，他會試圖填補，拚命的填補，一旦承受不了就乾脆離開就好，我不會太痛，只要不看他，就能假裝他也不那麼痛。」

……就能假裝他不那麼痛。

「我不想碰觸到他必須承受的疼痛，我知道自己無法承受。」她幽幽的嘆息，「什麼都捨棄之後，什麼都沒有了之後，我終於看清自己，鎖在溫柔微笑之後的我也不過是個自私的凡人。」

「這一切跟我沒有任何關係。」

「我知道。」她說，「但我終究做了。從此，我就能告訴自己，他不會待在原地等我。」

我掛斷電話之後她最後一句話的尾音依然浮動在我耳邊：

「就連最後的道別，也是為了我自己而不是為了他，然而無論我感到自己多麼卑鄙多麼自私，卻仍舊改變不了我不愛他的事實。儘管如此，如果可以，我甚至不想改變他愛著我的現實，我知道他會是我的退路，所以，我必須捨棄他。」

妳必須捨棄。他。

胸口被強烈的什麼填塞，我按下了他的號碼，長而單調的鈴聲持續的響著，這是個不恰當的打擾，斂下眼我掛斷電話。鈴聲卻像回音一般迴盪在我的耳際。

接著電話響了。

「怎麼了嗎？」

他的聲音有濃重的睏倦，忽然我的體內彷彿被填滿又彷彿被抽空，淚水安靜的滑落，「醒來之後就睡不著。」

「數羊給妳聽嗎？」

不在期盼裡的溫柔包覆著我，失真的話語之中屬於他的印象也微微陷落，我閉上眼，專注的聽著他的聲音與他的呼吸。

「顏顥。」

「嗯。」

「我可以不要你的愛情。」

我聽見他隱約的嘆息。幽微而細長。藏匿在呼吸裡。

「那麼、妳想要的是什麼？」

「我不知道。」我安靜的說著，「我知道我是她的影子，我也同樣在你身上找尋另一個人的影子，但其實我很清楚，即使找到了他的影子他也已經不在我的身邊。顏顥，我不想這樣睜大眼睛凝望著自己的失去，我正在吞噬著自己，或許有一天也會開始吞噬身邊的你。

「我，負荷不了自己體內的愛情。」

他沉默的聽著，即使不能看見他的臉，又或許正因為看不見他的神情反而更加確定他正仔細的聽著。

「在我的愛情能夠蒸發之前，能不能，暫時，擱置在你的掌心？」

然後，假裝我愛著的是他，那麼我就能目睹著一個實體，一個不愛我的實體，一點一點消弭掉我的愛情。

「我不會成為那個人。」

「我知道。」

「也許有一天妳發現妳的愛情無法被消化，那會比現在更加沉重，更加難以脫身——」

「我知道。」

我深深的呼吸，冰冷的空氣無情的竄進我的胸腔，我和他都明白，沒有被說出口的，假使從哪一個瞬間開始假裝的愛成為真正的愛他也不會承接；並且從此之後我便不存在著任何逃生口，即使反覆說著他並不愛我也無從逃脫。

因為這是我和他之間的前提。

這是賭注，一場關於人生關於愛情的豪賭，為了消弭一份找不到終點的愛情因而尋覓了另一個影子般的終點；一旦，從那道影子又延伸出另一份愛情，從終點開始的愛情從此便會被困在終點裡。

「你沒有承擔的義務。」其實我也是自私的，和她一樣，消耗著他體內的溫柔，儘管那不屬於我，因為我帶著她的影子，所以他會應允這一切。我看穿了這一點，還惺惺作態的編織著他那早已被阻斷的退路。「我會離開你的生活，回到沒有你的起點。」

「我不會給妳任何愛情。」

我不會愛妳。不會。

「我知道。」

「睡吧。」他輕輕的說，「天就要亮了。」

天亮了以後，他就會成為我所愛的你了。

06

「數到十之前不能張開眼睛。」

「1、2、3、4、5、6、7、8、9——」

「不可以偷看。」

「——10。」

你睜開眼納悶的望著我，試圖在我身後探查到一絲的改變或者藏匿，我漾著愉悅的微笑注視著你的臉龐，「找什麼嗎？」

「找妳要我閉上眼睛的原因。」

「一定要有原因嗎？」

「不是。」你依然帶著疑問張望著我，「只是覺得一定有些什麼在閉上眼的十秒裡被改變了。」

「那你，沒發現比十秒前更加愛你的我嗎？」

忽然你笑了，伸手將我擁入懷裡，「我不在乎妳有多愛我，只要妳愛著我就好。」

「這樣不公平。」

「不公平也沒關係，我只是害怕，一旦妳的愛給得太多，也許有一天就被我耗盡了。」

「你給的愛就不會用完嗎？」

「所以，現在我愛妳多一點，如果我力氣用光鬆開了手就換妳拉緊我的手，等到我又有力氣了，就會再一次緊緊抱住妳了。」

我始終沒有察覺到你的害怕，我的愛太過飄忽而淡薄，我愛著你，也反覆宣告著我對你的愛；然而我和你之間彷彿存在著某種半透明的介質，阻擋了大多數我對你的愛，你看見我的愛卻融不進那份愛。

很久之後我才明白，我盈握著愛情，遞送到你的面前，卻、不鬆手讓你承接。

於是一步一步將你逼入無盡。

「那麼從現在開始，我就這樣愛著你吧。」靠著你的胸口聽著你心臟的跳動，「把我的愛，凝聚在我的心臟，等到哪一天你覺得累了，就用我的愛當作你的枕頭安心的休息吧。」

醒來之後，你就能看見我的愛。

然而，直到你醒來那天，我仍舊不知道你看見的究竟是什麼光景。

加進一小匙鹽，接著把義大利麵放進沸騰的水裡，拿起橄欖油手懸在半空中我忽然忘了究竟該不該在水裡滴上幾滴油，關於這些日常，一旦摻入了思索便開始飄忽不定，彷彿在生命中我們習慣的事物其實並未真切的進入我們生命，以微妙的扭曲，嵌入我們的知覺，試圖描繪具體而細緻的外觀與內在時卻左右擺盪，並且越拚命的思索越難以肯定。

水沸騰得劇烈，熱氣瀰漫在四周，定時器忽然響了起來，握在手中的橄欖油在這一瞬間便註定觸碰不了滾燙的水，我將橄欖油倒進平底鍋，轉開了火，也許該等鍋熱了再倒進油，但無論如何它已經在裡面了。

加入辛香料和切塊蔬菜最後是肉末，瀝乾義大利麵後進行拌炒，調味，試吃，盛盤。

接著我開始刷洗廚具，你還沒來，我想著，或許煮得太早了一些，滾燙的水沖入流理台之際冒出大量蒸氣，門鈴在這時候響了，氤氳之中我以為那是錯覺，直到門鈴響了第二聲，我才關起水將手拭乾走向玄關。

拉開門我看見你站在門外，眨了幾次眼反覆確認著，你的嘴角沒有帶著印象中的笑意，那無關緊要我想，於是我扯開了嘴角。

「進來吧。」

走進客廳注視著你脫下外套，你抬起的眼裡藏著複雜的情緒，斂下眼我拿過你手裡的外套旋身走向衣帽架。西裝外套上殘留的溫度在我掌心漾開，我的心稍微感到踏實，你在這裡，我安心的扯開嘴角，走回你在的位置。

你在這裡。

「晚餐是義大利麵，我也做了凱薩沙拉，想買鮭魚但卻忘了，所以煮了蛋花湯。」你拉開椅子安靜的坐下，「義大利麵配上蛋花湯很不搭吧。」

「沒關係。」

你淺淺的笑了。

——沒關係，就算是味噌湯也沒有關係。

「味道會太重嗎？」

「很好吃。」你給了我一個淡淡的微笑，「妳快點吃吧，不然就涼了。」

「嗯。」

安靜而仔細的咀嚼，用叉子捲起細長的麵條，你總是說我吃麵像在玩鬧，這樣很好，我喜歡看見妳的笑。

這樣很好。你總是如此放任著我，以愛。

「妳——」

「嗯？」

你深深望著我，我感覺有些什麼即將被說出口卻在那脫口而出的邊緣又被吞嚥而下，盡可能不眨眼的注視著你，等著，那也許你會說出的話語。

「沒有。」你斂下眼，「只是想跟妳說，義大利麵很好吃。」

我開心的泛開笑，目光落向眼前還剩一半的晚餐，被捲繞在叉子上的麵條又被反向解開，彷彿蘊含著核心概念的藝術電影的某個片段。

鬆落。

時間倒轉。

或者，釋放。

「那是因為你最喜歡義大利麵了，但就算是這樣我還是很高興。」

「妳高興就好。」

「比起自己，你總是選擇我呢。」端起手邊的玻璃杯，杯壁的水珠沾濕了我的指尖我的指腹以及我的意識，「這是壞習慣呢。」

「沒有關係。」

我的掌心輕輕覆蓋在你的手上，我不知道微微一顫的是你或者是我，那不重要，凝望著交疊的手我微微施力，直到實感進入我的體內。

「那麼，我也只能更加努力的愛你了呢。」

只要你在這裡。

「草坪沒有想像中的柔軟，一直扎著我的背。」

「看見星星之後這些都會被拋到腦後了。」

「但是在星星出來之前我就會一直想著背後正扎著我的草，想著該怎麼把它們通通拔光。」

你笑了。側過身抬起手輕輕的撥弄著我的瀏海，眼底泛著柔光，風裡混著草的氣味和你的溫度，你忽然在我額際落下一個淺淺的吻。

「現在，把全世界的草都忘光光了對吧。」

我凝望著你，勾勒在你唇邊的弧度拉開一條隱約的拋物線，我的感情沿著那道拋物線揚起，看不見終點也不知道會凍結在哪一點，彷彿是無止盡的延伸，必須緊緊抓住起點才不會迷路。

握著你的手，緩慢的貼上我的臉頰，你的撫摸像是一種烙印，簡單卻難解的圖騰。

「如果忘了整個世界而只記得你，那該怎麼辦才好呢？」

「我的私心想告訴妳沒有關係，儘管我想成為妳的世界但妳的世界不能只有我。」你幽黑的雙眸裡倒映著我的雙眼，我不那麼確定這一刻我看見的究竟是你又或者是我自己。「所以，我希望能夠成為掛在妳的世界裡的一顆星星，偶爾，妳會全神貫注的凝望，那就足夠了。」

「你很不貪心。」

「不，我非常貪心。」你說，「但我不能貪心。」

「為什麼？」

「因為我希望妳能快樂。」

「我不明白——」

「星星。」順著你的視線延伸的是不知何時已經佈滿天空的星光，「說不定有一天，當妳看著天空的時候，能夠分辨出哪一顆是我。」

「那你選一顆吧，我會好好記住，從此那顆星星就屬於我了。」

「泛著淡淡藍光的那顆星星，有看見嗎？」

我花了很長一段時間試圖找尋你指尖延伸的終點，卻模糊在那片燦爛星光中，望了一眼你溫柔的微笑我輕輕點了頭。

也許你看穿了。但你總是太過寬容，泛開笑你凝望著你眼中那顆泛著藍色光芒的星。而我卻凝望著你。

「從地球到那裡，必須跋涉數十甚至數百光年，我們這一秒鐘所感受到的光芒其實是來自幾十年、幾百年前的光熱，雖然兩地之間的時間差無法被彌補，但這樣很好，即使這一刻那顆星已經殞落，在地球的妳依然能夠看見那淡淡的光芒，直到最後一秒鐘，都還是想將那道光傳遞給妳。」

「但是這樣，那顆星星就太過寂寞了……」

「那也沒有辦法。」你淡淡的笑著，那之中有某些什麼，在能夠分辨之前卻消散無蹤，「因為這是星星的宿命。」

你說了什麼我卻聽不清楚。

「至少，在宿命之中我遇見了妳。」

你從街的那一端走來，逆著光我看不清你的表情，我揚起嘴角等候著你的走近；終於你來到我面前，安靜的牽起我的手，沒有說話也沒有移動，仰起頭我眨了幾次眼，你在這裡，僅僅一步的距離。

踏過那段難以被定義的空白，我輕輕擁抱著你，貼靠在你的胸前聆聽著你的心跳，街如此喧囂，你和我之間卻如此靜謐而緩慢。

彷彿時間，在你和我的愛情之中失卻了任何意義，凝結了所有消逝，我們駐足在最灼燙的瞬間凝望著彼此，讓一切定格在這裡。

——冷嗎？

——不是。是你太過溫暖所以忍不住想擁抱你。

我感覺你的掌心輕緩的滑過我的頭髮，彷彿我是個孩子，膩在你的懷中不願意長大；然而我小心的離開你的胸前，抬起頭仰望著你，伸出手撫過你的唇角。

「你的臉上總帶著隱約的疲憊，我希望能為你做些什麼，卻不知道該做些什麼。」

「我很好。」

「我也總是告訴自己『我很好』，但我明白，越是這樣說著越像一個拙劣的謊。」我泛開淺淺的笑，「沒關係，在我面前你不需要堅強也沒有必要武裝，我也不是一個堅強的人，所以這樣剛好，軟弱的時候需要另一個人的存在，我和你，恰好能安穩的待在彼此的軟弱裡，填補彼此的不安。」

你將我拉進懷裡，與我的貼靠截然不同的擁抱，我無法說明，那之中帶有複雜的某些什麼，也許你自身也難以解釋；然而對於你和我而言那早已不再重要，膨脹的寂寞得到了喘息的縫隙，疼痛的空缺獲得了填補，而自身、無論是你的自身或者我的自身，從這一刻暫緩了啃蝕與消卻。

「妳總是、離我的疼痛那麼靠近，離我的軟弱那麼靠近。」你的聲音彷若耳語，「也許有一天，妳會成為我的疼痛與我的軟弱……」

我斂上眼。

街的喧囂突然爆裂一般在我身旁炸開，我緊緊抓著你的衣襬，想著你說的那些如果，排練著你說的那些如果。

「不會。」我聽見自己低而堅定的聲音，「不會那樣的。」

「我——」

「我們之間，打從一開始就沒有任何也許。」我說，冷而飄忽的，「所以，也不會有任何的如果。」

「我從來就不去設想我和妳之間的『如果』，彷彿一旦觸碰了就陷入了難以說明的失去，被實現的如果就不再是如果，但不被實現的如果，卻又會成為生命中永遠無法彌補的遺憾或者空缺；所以，如果這兩個字對我而言近似於一種詛咒。」

「詛。咒。」

「所以，不必給我任何承諾也沒有關係，我不要妳的未來，我只想成為妳的現在。」

「那也沒關係。」

「嗯？」

「因為，我有的，也只有現在而已了。」

07

她回來了。沒有任何預告。

於是她再度成為復甦的話題，連帶安與她的未婚夫，流竄的流言蜚語中嗅聞不到任何顏顯的存在，這或許是好的，至少他能藏匿在安靜的夾縫裡，然而這或許也是一種強烈的撕裂，無論她的離去與歸來，那之中，都沒有顏顯的容身之處。

顏顯沒有提起她，彷彿起初他就與她無關，但他偶爾望向遠方的神情洩漏了他的動搖，我知道自己能握住他的手或者給他一個切實的擁抱；然而我沒有，我只是凝望著如此的他並且陷入自身的恍惚。

「喝茶嗎？」

「嗯。」他將視線拉回到我的身上，接下我遞給他的白色馬克杯，「謝謝。」

「坐在窗邊吹風會感冒。」

「恩綾……」

「嗯？」

他以沉默的姿態深深注視著我，手中握著的馬克杯升起飄忽的煙霧，我想起他已經很長一段時間沒有抽菸，因為你沒有抽菸的習慣，漫不經心這麼對他說之後我就再也沒有嗅聞到記憶中的煙霧。

隔了一段長長的空白，終於他斂下眼，「沒什麼。」

我的指尖在幾乎碰觸他的邊緣突然凍結在半空中，你抬起眼，不，那不是你，抬起眼的是他；然而在他眼底的我究竟帶著什麼樣貌？

成為了她的影子我安穩的在他身邊度過日常，然而她回來了，一旦她回來了之後，影子就沒有存在的必要了。

也許他的欲言又止是一種猶疑也是一種溫柔，儘管不得不捨棄。

「我知道她回來了。」

我揚起淺而輕的微笑，彷彿談論著清朗無雲的藍天，我蹲下身緩緩將頭靠在他的膝上，馬克杯被擱置在地板上，我注視著逐漸消散的薄霧，注視。

在他逐漸成為我日常的風景之後我總是在安靜的假日午後和他一起喝著茶，這是我的防線，你不喝茶，於是在吞嚥著溫熱微澀的紅褐色液體的同時，我也逼迫自己消化著現實。

他終究不是你。

而我，也不會成為她。

「不用在意我，這些日子裡你的存在讓我懷抱著巨大的安心，我依偎著你取暖，也試圖給你溫度，我們是相互需要並且相互利用的關係，所以不需要愧疚也不必猶豫，」我眨著眼，胸口泛起如漣漪般的疼，輕淺而淡，卻一圈一圈擴散開來。「想到她的身邊就堅定的走過去，你的掌心裡還盈握著關於愛的可能，我不希望自己成為那份落空，所以，沒有關係。

「顏顥，我是她的影子，無論靠得多麼近，無論多麼認真找尋，在影子裡，你能得到的就只有漆黑的荒蕪而已。」

他隱約的嘆息撫動著我的意識，空氣中飄動著屬於紅茶的香味，緩慢的我閉上眼，也許我想仔細感受這一刻，又或許我什麼都不想記憶。

那不重要。

他終究沒有說話，只是溫柔的，輕緩的，撫著我的髮。

我有很長一段時間沒有見到安，為了規劃婚禮她缺席了幾次聚會，然而我總感覺那不過是她的藉口，套上訂婚戒指那一刻或許安想起了她，所以她必須耗費漫長的獨處確實的消化。

安規避著任何會觸及到她的場合，包括僅是閃現在她生命中的人們。

但安坐在我的面前，啜飲著什麼也沒加的黑咖啡。

「妳瘦了。」

「是嗎？」

安若有似無的扯了嘴角，杯子與盤子相互碰撞的聲響被異常放大，她的指尖無意的撫摸著杯耳，「妳本來就不是很會照顧自己的類型。」

「我不是很在意。」

「恩綾——」

「嗯？」

「她回來了。」

「我知道。」

「我見過她，她並不在乎我和那個人的婚事。」安的字句中沒有明顯的感情，「我很早就預料到了，不要的就乾脆的扔棄，這點她比誰都還要堅決，我無所謂，畢竟一開始決定不放手，但能讓那個人不那麼愧疚也是好的……」

「妳想說的，」我給了安淡淡的微笑，「不是這些吧。」

沉默來得如此兇猛，勒住安的頸項，她斂下眼緊盯著咖啡杯，安並不是欲言又止的類型，並且在我和安之間並不存在著難以開口的事。

安又喝了一口苦澀的黑咖啡。

「我知道妳跟顏顥在一起。」

我的身體微微一顫，原來顏顥這兩字不知不覺已經能夠造成我的動盪，「所以？」

「發現的時候我很猶豫，但畢竟，那不是我能干涉的事，而且妳的神情也顯得安定很多。」安深深吸了一口氣，「只是現在她回來了，顏顥他——」

「我知道。」

安彷彿想從我的表情分辨我究竟是不是在勉強自己，側過頭我瞥見自己在玻璃窗上的倒映，生硬的表情與沒有笑意的微笑，那裡的我顯得如此陌生，如同那段時間裡我以為自己很好，然而映現在所有人眼裡的卻是一張空泛而蒼白的臉。

「妳——」

「打從一開始我就知道了，關於她，我知道顏顥很愛她。」

「那又為什麼？」

沒有辦法讓安知道真正的原因，那會讓我所有的武裝全數瓦解，這些人，那些人，已經逐漸相信我能夠安穩的過著沒有你的日常。

至少，謊言並不是為了欺騙我自己。

「即使那個人在她身邊妳也沒有放棄不是嗎？」我斂下眼，「只是那麼簡單的事而已，所以不要擔心，一開始就做好了心理準備，顏顥雖然冷淡卻是個溫柔的人，他的猶豫對我而言已經夠了。」

「恩綾……」

「安，我體內的愛相當有限，所以無論是顏顥或者是任何人，即便我將體內的愛全數都給了他，對我而言，完全不足以動搖我的生命或者我的日常。」薄荷茶涼了，我卻還是沒有喝的打算。「更何況，令人難以承受的並不是無法得到愛，而是得到了一份殘缺不全的愛。」

顏顥安靜的倚在牆邊，拖曳著長長的影子，我以為空氣中浮動著菸的氣味卻只是錯覺，放緩步伐盡可能不侵擾他的思緒，然而或許連我的安靜都輕易的驚擾了他。

「鑰匙忘了還妳。」

「嗯。」但他沒有拿出鑰匙，我也沒有伸出手，「你可以待在屋子裡等。」

「怕會嚇到走進屋子裡的妳。」

他從來不擅自旋開那扇門，即使握著鑰匙也不曾嵌入門鎖，也許他是擔心我會以為屋內的人是你歸來的身影，又也許他始終留了一段顯眼的空白作為提醒；顏顯的溫柔有著秋末的涼意卻仍舊是溫柔。

「站在這裡太冷了，我泡茶給你喝吧。」

於是他沉默的和我走進不那麼暖和的房間，坐在沙發上，沒有音樂沒有電視的聲音而我和他也不存在著交談，因而熱水沖入杯中的音響開始膨脹放大擠壓著空間，飄散的香氣竄入意識深處，將茶包拿起扔入水槽邊的袋子，那裡面沒有任何食物的殘留，只有堆疊而起的茶包。

將杯子放在面前的桌上，屈起膝我靠在一旁的單人座沙發裡捧抱著溫熱的馬克杯，也許該說些什麼話，然而我和他都不是擅長說話的人。

有很長一段時間他和我就只是這樣各自啜飲著紅茶，偶爾會望向彼此，但大多的偶爾是注視著杯裡逐漸減少的液體，想著，究竟消散的有多少是被吞嚥而多少是被蒸發，我們總是無法釐清事物的消逝是本身的揮散又或者是我們體內的消耗。

「最近好嗎？」

他輕輕劃開沉默開了一道細微的縫，顏顥的嗓音比印象中更低了一些，我的唇邊泛開淺淺的笑，並沒有望向他。

「嗯。」微微的點頭，「並沒有多大的改變，我想，這對我來說是件好事。」

「那很好。」

「顏顥，你擔心我嗎？」

「嗯。」

間隔了一段無法被忽視的停頓之後他才回答我，彷彿斟酌著該用怎麼樣的姿態並且拿出怎麼樣的感情才不會有額外的延伸卻又不遮蓋了本意；並不需要對我如此小心翼翼，然而無論是他無論是安都在我面前猶疑，其實我明白，卻沒有多餘的力氣解釋。

「不用擔心，儘管我適應得很慢，恢復得也沒那麼快，但我確實的在適應也在恢復，我只是需要比平常人多一點的時間。」抬起眼我終於迎上他幽黑的雙眸，「這一刻在我面前的人是顏顥，你不能同時扮演著那個人，我說過，在她選擇之後其他人也不得不進行選擇，而你也已經選擇了，所以我也不能待在起先的時空當中了。」

「我該走了。」我聽不見他的呼吸卻能感受到他胸口的起伏，「最近很冷，記得不要太常開窗。」

「嗯。」

「我不會推開妳，只要妳需要的話。」走到門前他突然停下腳步，轉過身面對我，「只要妳還覺得冷，我還是妳能夠取暖的同伴。」

「但是你已經不冷了。」

「我——」

「我會記住。」我輕輕的說，「一旦太冷了，我還是會靠向你的。」

門闔上的聲音異常鮮明的停留在我的意識之中，手還停留在門把上我將額頭輕輕靠上冰冷的門板，你離去的那天我也貼著門，彷彿某部分的你還殘留在這道分界，你終究會回來，那時候我堅定的這麼想著。也許太過堅定了一些。

顏顥的腳步聲彷彿一點一點被擠壓進真空介質裡，又或者被塞進真空的是我，大多時候我都無法分辨，正在改變的是外界或者是我的自身。

總之顏顥離開了。

在我和他之間壓縮著大量而濃烈的愛情，然而我和他所懷抱的愛都與彼此無關，我猜想這是讓我感到安心的原因；然而我在顏顥身上看見了晃動的疊影，隱約顫動的他，輕輕將掌心貼靠在我世界的邊緣，我明白那是溫暖的，我卻還是隔著一個跨步那麼遠。張望。

他不能愛上一個影子。

更不能，愛上只想追尋另一個影子的我。

我在街的另一端偶然遇見了她。

儘管這份偶然是她等候的延伸，我卻不願意賦予彼此交談更深的意義。

「好久不見。」她的身形顯得更加清瘦，眼底恍若與塵世無關的光芒幾乎消失無蹤，也許她終於成為了她所冀望的一般人，又也許這是她無能為力的失去。

「雖然這麼說，但我們也不是頻繁見面的關係。」

「有什麼事嗎？」

「我只是想知道，那些話，」她的話語裡藏著幾不可聞的停頓，「妳轉告顏顥了嗎？」

「妳說過，對妳而言那並不重要。」

「對當時的我而言是如此，無論顏顥接收到了什麼都無所謂，我將話語扔了出來，同時能乾脆的切斷顏顥的存在。」她緩緩走近一步，卻也只有那麼微小的一步，「但是，我後悔了。」

——我後悔了。她以絲毫不在意的口吻說著。

「那與我無關。」

「是跟妳無關，我只是想確認。」

「說了跟沒說有什麼差別嗎？」

「沒有。」她淡淡的笑著，「注視著顏顥就能清楚看穿他還愛著我，儘管現實如此，對我而言卻有截然不同的意義；什麼都不知道而堅持等著我，或者被捨棄了仍舊等著我，這兩者，有著絕對性的不同。」

「妳並不愛他。」

「我也這麼以為。」她說，「我從來沒有正視過他的愛，卻堅定的相信他的愛不會消逝，即使全世界都離開了我，顏顥也還是會站在原地，或許是因為明白這一點，所以我能夠毫不猶豫的割捨；然而，我在他眼底讀到了動搖，即使我伸出手他也沒有靠得更近，他的愛還在，他卻不是那個我記憶中的顏顥了。」

「這跟我沒有——」

「沒有關係？」她滿不在乎的笑了，或許，打從一開始溫柔甜美的她就是假象，她嘴角的弧度透露著冰冷與無情，毫不掩飾。「我知道這些日子在他身邊的是妳，當然並不是要追究愛或者不愛這種事，我只是想要告訴妳，這次、我想留下顏顥了。」

這樣的她，或許會在往後的日子裡反覆傷害著顏顥，然而我卻只是沉默的凝望著她，這一切都與我無關，這是顏顥的選擇，這是她的選擇。與我無關的選擇。

「恩綾，或許我該對妳說的是謝謝。」在她轉身之前她以不帶溫度的笑注視著我，「因為妳動搖了顏顥，因而讓我看見失去的可能，一旦我和他之間存在著失去，才能讓人感受到愛情的存在。」

「妳並不是想要顏顥，而是想要顏顥的愛情。」

「那不重要，只要是相同的結果就沒有人會追究。」最後她旋過身，「這些日子我深刻的明白了，夢醒之後的世界並不存在著當初我冀望的風景，但是沒有辦法，夢已經被拋棄了，而在這些現實裡，顏顥的愛是最溫暖而確實的存在。」她說。

「結果，我還是後悔醒來了。」

而顏顥，仍舊是那場夢的餘燼。

當初她想奮力割捨的餘燼。
現在她試圖重新點燃的，餘燼。
他的愛情註定在她的愛情裡被焚燒殆盡。

08□

「為什麼在火的旁邊卻依然感覺到冷。我不明白。」
「因為我並不是熊熊燃燒的火，只是一盞昏黃的街燈。你想得到的，並不在我這裡。」
我站在顏顥的住處樓下，並不那麼瞭解自己的行動，或許只是想確認他還好，又或許是偶然想起了他的溫度。

這天的溫度忽然降得非常低。

那扇窗的燈是熄的，我想顏顥不在那裡，隱約的失落在我體內剝落，卻又由於他不在的事實帶來某些安心；顏顥的存在之於我始終是矛盾而不安定的，彷彿我希望他在那個位置，卻無法接受他待在那個位置，又如同我期盼他離開，卻又尋找著他的身影。

然而我所找尋的，究竟是顏顥又或者是你？

我不知道。

斂下眼我拉攏了領口，風來得猛烈刺痛了我的意識，輕輕吸進一口冰冷的空氣，胸腔湧進了一股寂寞，旋身背對那扇窗，也許燈不亮就什麼也不必看見了。

但我卻在灰黑的石子路上看見拉長的影子，疊合在我腳上的影子。

抬起頭我看見顏顥。

沉默自他抿緊的唇蔓延開來，卻又從他的呼吸裡逐漸碎裂，我想起她說過的動搖，然而我並不想搖晃他。

「我該回去了。」

「喝過茶再走吧。」他的聲音彷彿被凍過一般帶著生硬，「讓身體稍微暖和一點。」

「得到溫暖之後再踏進寒風，倒不如一路穿過冰冷，最後替自己沏一杯熱茶。」我揚起淺淺的笑，「並不遠。」

「今天是特別冷的日子。」

最後我仍舊隨著顏顥踏上那一階一階的陷落，邊往上走邊預備著即將到來的墜落，偶爾，你的身影會被顏顥覆蓋，那時我會感到特別害怕，縱使那是我起先的預期，一旦將你置換成眼前的顏顥，那麼我便能將愛一點一滴的消耗殆盡；我不明白自己害怕的究竟是你逐漸被置換的事實，又或者是不得不將愛消耗的預備。

顏顥或許能成為答案，而我卻不想得到答案。

「坐吧。」

「嗯。」

他走進廚房，我聽見水沖打的聲音接著瓦斯爐被旋開，顏顥的屋子我來過幾次，但任何一個角落都沒有我的痕跡。我看見擺放在桌旁她和他的合照。

顏顥將熱茶放到我的面前，循著我來不及收回的視線他的目光也滑過她的笑，端起杯子我緩慢的啜飲，這不是我和他之間適當的話題。

我和他之間似乎沒有任何適當的話題。

於是沉默。

我並不那麼在乎沉默，在你身邊我說了相當大量的話，那時總以為自己體內有無窮無盡的話語，就連你的離去我也不得不吞嚥下來不及說出的字句；或許直到這一刻都還在進行著吞嚥，那太過大量的話語。所以沒有餘力和其他人說話。

「恩綾——」

顏顥的開端被突兀的鈴聲打斷，他拿起電話眉間有一閃而過的猶豫，任憑刺耳的鈴聲反覆落在屋內，幾乎塞滿所有空間。我知道是她。

「接吧。」

「沒關係。」

「現在的你，該優先考慮的並不是我。」

終於他走到門邊接起電話。儘管刻意走遠卻依然能夠清晰的聽見。聽見。顏顯的為難。

我有點忙，晚一點再打電話給妳。我聽見顏顯這麼說。

「茶喝完了，我該回去了。」

「我送妳回去吧。」

「我的住處並不遠。」

「正因為不遠。」

他拿起我的大衣，遞給我的動作凝滯在半空中，我和他隔了兩個跨步那麼遠卻能清楚感受到他的緊繃，門鈴響了，乾脆俐落的姿態。

彷彿毋須猜測也毋須窺探便能輕易知曉門外的那個人。

門鈴聲的響起恰如一種提醒，我和顏顯之間不能存在著灰色地帶，並非曖昧或者不安於室，而是更深處的需要與晃動，在特別冷的時候得到的溫度窮其一生也無法忘懷，儘管那只是微溫。

「我不該來的。」

「妳和我是朋友。」

朋友。我輕輕的笑了。「開門吧，走廊很冷。」

在他開門的動作裡我才突然想起他的手裡還拿著我的大衣，但他已經旋開了門。而在我躍入她的視線之前，我的大衣會成為她眼底的第一個畫面。

扎進她的眼。

「來不及跟你說我就在樓下你就把電話掛了。」她的聲音比我的印象稍微柔軟一些，「我帶了熱湯。有客人嗎？」

「嗯。」

「是我不能見的客人嗎？」我想她帶著笑，聲音卻透著刺探，「外面好冷。」

顏顒終於側過身而她踏過了那扇門，迎上我的雙眼裡閃過一絲冷意，嘴角卻揚起燦爛的笑，我聽見門被闔上的聲音，看著站在她身後的顏顒，我不自覺皺起了眉。

「恩綾？」她的語調裡混著讓人不愉快的偽裝，但那不重要，至少她笑著，只要她還這麼笑，顏顥就能少承受一些，「我不知道妳跟顏顥認識呢。」

「我和顏副理之前合作過一個案子。」

「之前。」她雲淡風輕的複誦拉扯著彼此的神經，「所以就變成了朋友了嗎？顏顥不是很擅長社交，所以你們一定很合得來。這大概就是所謂的緣分吧，我們分別都和彼此變成朋友最後兜在一起，真有趣，對吧？」

有趣。她說。

但我並不是一個有幽默感的人。

「晚了，我該走了。」

「喝過湯再走吧，外面真的很冷。」她緩緩眨了眼，「會刺骨的那種冷。」

「我送妳回去。」

「不用了。」

拿過顏顥手裡的大衣，儘管認為應該道別卻擠不出聲音，走過她的身邊，又走過顏顥身邊，不要回頭，我這麼想著；然而卻在跨過門檻的瞬間，顏顥拉住了我的手臂。

即使是待在他身邊的日子裡，他從未以如此的姿態扯住我。

我已經成為顏顥的動搖，這一瞬間我無比肯定卻沒有任何歡愉，我只是、讓顏顥更難掙脫的泥沼。她的心思。在失去的可能之中她看見了愛情，她想擁有的愛情，於是在那可能逐漸擴大，她便會越加施力。

她想得到不那麼屬於她的愛情。

「我送妳回去。」

他話語中的堅定讓某些什麼產生了裂縫，顏顥對她說了些什麼我已經記不得了，但我始終沒有回頭，我猜想她的嘴角依然掛著笑，她明白，只要假裝一切未曾改變顏顥就推不開她。

我因為你的愛回來了。

她告訴我，她是如此斬釘截鐵的對顏顥說。顏顥沒有選擇，只能相信。於是只能承受。

在顏顥的眼裡她是無辜的，我也是無辜的，然而在三個人之間最無辜的人卻是顏顥。

被愛脅持的顏顥。

「顏顥。」踏著黑影我和他一階一階的陷落，在最後第三階我停下了腳步，而他、已經踏上了地。「我不是你的責任。」

「我知道。」

「所以你應該乾脆的丟棄。」

他斂下眼。皺起的眉夾著些許的痛苦，我伸出手卻觸碰不到他，於是讓手垂落在身側，凝望著他的為難與猶疑。

「我很好。」我沒有費力的微笑，斂下眼的顏顥看不見我的表情。「在我體內對那個人的愛，稍微，消弭了一些，我能喘息的空間大了一點，並且，在那之外沒有任何、其他的感情填進我的身體。所以。我很好。」

「但我沒有自己以為的那麼堅強。」

「人總是軟弱的，無論那範圍是廣是窄，我們總有無法堅強的部分。」踏下階梯我來到他的面前，牽起他的手，「但我不希望成為你的軟弱。」

「妳說過，我們之間不會有任何的如果，我卻開始想著那些沒有的如果。」

他以安靜的姿態凝望著我的眼，「儘管我知道，這些念頭會成為傷害的可能，無論是對妳、對她，或者是對我自己。」

「在我成為她的影子的那些日子裡，我和她的存在能夠安然的並存，無論是她的影子或者是我，你所看見的、你所觸碰的都是同一個存在，無論你帶著什麼樣的目光，落點都是同一處；也許你不知不覺的習慣了，當你凝望她的同時會試圖找尋我的存在，顏顯，這只是習慣。漸漸的，你會回到起初的位置，她以及她的影子都屬於她，而你的目光也屬於她。」

他不再說話，也不再看我，隱約的嘆息縈繞著彼此，我鬆開握著他的手，掌心迅速的失去溫度；我想，愛的消逝也會如此輕易而迅速。

「不要送我了，多一段路的記憶並不是件好事。」

「好好照顧自己。」

「嗯。」我輕輕的笑著，「我們，不會再見了，所以也不需要道別了。」

我們之間，沒有所謂的開端因而也不需要落下句點。

一旦，說了再見之後，便會循著那條絲線找尋起初的開始。屬於顏顥的開始。一個在我的記憶裡沒有位置存放的開始。

那麼總會有人落單。

夜裡的溫度比我所能承受的更加寒冷，凍僵的手在疼痛之後逐漸失去知覺，我想起你離去那天也是這麼冷，冷得太過刻骨銘心。

我猜想對於顏顥我終究是動搖了，曾經我以為除了你以外我的體內再也塞不進任何感情，但他的氣味卻夾帶著尼古丁竄進微小的隙縫，如薄霧一般瀰漫在體腔，不那麼濃重，卻沾染了整個身體。

我打開了門，屋內依然充滿著冷的氣息，沒有開燈我蹲坐在門邊，視線落在透著微光的那扇窗。也許是月光，又也許是城市的亮，其實都不那麼重要，無論是屬於你的愛情，或者屬於顏顥的愛情，其實也不那麼重要，那都不是我能負荷的重量。

「我以為自己的愛能夠填滿和妳之間的所有空隙，但我或許高估了自己，我們之間，似乎總是存在微微的陷落，其實不那麼明顯，只是一旦踏上就會不小心失足扭傷；我告訴自己不過只是稍微不平坦，傷也不那麼嚴重，但我害怕，萬一失足的是妳，妳就不得不承受那些痛。」

「你說，那只是扭傷。」

「我能承受自己身上的傷，卻承受不起妳的。恩綾。我並不堅強，而妳是我最軟弱的部分。」

「我可以替你堅強。」

「那麼，妳就會永遠成為我的軟弱了。」

然而我卻無法實現當初對你的諾言，我無法成為堅強的那部分，而是連同你的軟弱一併軟弱。我的思念，像浸泡在海洋裡的沉船，逐漸氧化生鏽接著沉得更深。

「恩綾，我還是在這裡。」

我分不清那是你的聲音或是顏顥的聲音，轉過身我看見站在街燈下的男人，恍惚彷彿泡泡一般在四周升起，飄到了某個臨界之後一顆一顆破裂，震動著空氣，帶著一點濕潤，燈的顏色是泛冷的白，我看著眼前的男人。

——我還是在這裡。

花了一段不短的時間，確認。你是顏顯。不、他是顏顯。但顏顯的這裡，對我而言是不能到達的那裡。

「我知道。」輕輕的，我說。「而你也只能到這裡了。」

09 顏顯

她回來了。

正如同她的離去。

當她帶著淺笑站在我的面前，突然我無法好好說明自己的情緒，甚至連理解都花上一段時間。我回來了。她說。彷彿將近兩年的日子只是尋常假期一般的遠行。

但她確實拋下了一切。我也只是其中的某個什麼。

我想起恩綾。無法解釋在這一瞬間、在她終於回來而我的期盼終於落地的這一瞬間，我凝望著她卻想起另一個她。

也許，我的期盼已經不那麼期盼，逐漸虛空的期盼而我等著它蒸發殆盡，這樣的半透明裡她走了過來。忽然我分不清她到底還是不是我的期盼。

但她卻成為實體。

在這裡。

「我只是想讓體內的愛逐漸消弭。」

恩綾輕軟的聲音這些日子總是刺激著我的思緒，或許我對她的愛也隨著分秒流逝，或許我沒有自己以為的那麼愛她，又或者我無法掌控的那部分極力的屏除對她的愛。我無法肯定。因而我離開了恩綾身邊，卻沒有讓她走到我身邊。

隔著一段空白我注視的她，卻越來越陌生，越來越抽離。彷彿她逐漸與我的愛無關，捧著當初我所冀望而她給了別人的愛，在我的面前，我感到恍惚並且抗拒，體內發出如同被厚布覆蓋一般的低音，反覆詰問著自己，究竟、我的愛還屬不屬於她？

「我為了你的愛回來了。」

當她這麼說著的時候我絲毫沒有真實感，並不是如夢一般的恍惚，而是一種隔著真空夾層碰觸話意的失真。

她開始扮演起我曾經期盼的角色，我卻不由自主抗拒著如此的她，她頻繁的通話與來訪，當她在桌旁放上我和她的合照時我撇開了眼，彷彿她越是嵌合進我的期盼，越是突顯著那些期盼已經超過了有效期限。

然而我應該是愛她的。應該。

「每當你凝望著我的時候，我總感覺你看的並不是我。」

「只是一時精神不集中罷了。」

當你在綠洲獨行 Blank Space

「顏顥，我知道兩年不是一段短暫的時間，當初我很自私的離開了，我知道自己總有一天必須付出代價，但我無論如何都不希望那代價是你。」她握住我的手以不容忽視的施力，「也許有哪個人填補了這兩年之間的空隙，但至少，你終究選擇了我，所以，我希望你就只看著我也只想著我，我也會努力的讓我們回到起初的位置。」

但無論是我們之中的誰都早已背離了起點。

即使經過了長途跋涉再度走到那一點，那裡寫的地標不再是原點而是毫無意義的起點。起點。又或許我們和參加四百公尺賽跑的選手一樣，奮力想奔回的那裡，並不是鳴槍時的起點，而是在開始衝刺之後被拉起的終點線。

「讓我們，好好的愛著彼此就好。」她的語氣中帶著細微卻難以忽視的卑微，「好嗎？」

——好嗎？

她越是努力越讓我想撇開眼，這不是她的錯，當初的我也帶著愛頑固的待在她身邊，即便她選擇了另一個人，我依然沒有將愛捨棄的心思。假使她當初沒有離開，一切照著起先的劇本演出，我猜想，我的目光依然會膠著在她的一舉一動，以毫不懷疑愛的姿態固執的抓著愛。

然而她到底是離開了。

我在不看她的日子裡終於看見了自己也終於看見了其他人，也許我變了，也許她也變了，在我眼前的她總帶著失真的扭曲，彷彿那不是我愛的她，又彷彿我並不那麼愛她。

她回來之後的日常逐漸堆疊起一個又一個的彷彿，我所習慣的肯定也被彷彿安靜的蠶食，於是我所凝望的她，如同纏繞著無數彷彿的不透明實體。無法辨別內容。也無法得到結論。

懸在那裡。

而我站在這裡。

「我去倒點熱水。」

我輕輕拿開她的手，起身走進廚房，燒起開水流暢的拿出紅茶茶包我卻突然怔忪，這是恩綾喜歡的味道，逐漸成為我的日常的味道。

你只是習慣了。她說。用著她一貫的平淡語氣。

「顏顥？」

她從身後環抱著我，身體不由自主微微一顫，有一瞬間我居然以為那是恩綾，但恩綾從來沒有給過任何親暱，總是隔著一段距離揚著有些生硬的淺笑，那生硬之中卻不帶著勉強，像是她正學著微笑的方式。淺淺淡淡的。

或許我凝望的，從某個瞬間起就不再是恩綾身上拖曳的她的影子，而是恩綾。

「顏顥？」

她又喊了一聲。拉回心緒我深深的呼吸，鬆開她交疊在我腰間的手，關起沸騰的熱水，她總是親暱的觸碰我，忽略我的僵硬與我的冷淡。

「怕燙到妳，妳先回客廳吧。」

「我只是怕你突然消失不見。」她的額頭輕輕抵著我的背，「雖然當初離開的是我，但正因為失去過，所以再次得到感到非常的不安，即使清楚的知道你人就在廚房，也聽見燒著水的聲音，但是，我就是怕。」

「沒什麼好怕的。」

「我也這麼告訴自己，但是顏顥，你能不能再對我說一次，你不會離開我。」

——你不會離開我。

熱水往杯裡沖下香氣瞬間滿溢而出，她要的是一份堅定的承諾，曾經我毫無猶疑的這麼對她說過，但這一刻，所有的聲音卻卡在咽喉，無論多麼用力都擠不出來。

她的溫度透過衣服傳遞到我的背上，從那一點擴散開來，卻僅止於某個狹小的範圍，嗅聞著紅茶的熱氣與香氣很輕易就能忽略那樣的溫度。或許我其實是個無情的人。

然而溫柔或許是更加無情的殘忍。

「這種溫度茶很快就涼了。」我終究沒有給她任何肯定。「妳要加糖嗎？」

她沒有說話。只是安靜的退開，安靜的轉身，安靜的離開。

最後，茶終究還是涼了。

不知不覺的停在街和街的交錯，我們已經不會再見了，那天恩綾用著沒有太大起伏的語調柔軟的說著，轉身所畫出的弧於我眼底落下殘影，而她走出了我的世界。

正如她的到來一般輕而靜默，沒有任何猖狂。

恩綾卻早已成為我心底的一道潑墨。

兩個她之間有著根本性的差異，彷彿一個她站在光亮的中央，另一個她端坐在角落的單人沙發椅上，如同所有人理所當然的月光，長久以來我膠著在燦爛的她；然而忽然有一天，燈熄了，我以為整個世界即將失去所有光芒的那一刻，旋身卻看見角落那道溫暖的微光。

當燈再度打亮我的雙眼卻無法適應，抬起手試圖遮去刺眼的閃耀，卻阻擋不了太近的灼熱；我以為自己會如過去一般由於光亮而看不見其他，但我卻反覆想起藏匿在身後的微光。

驀然回首，我卻遍尋不著她在的角落。

燈熄了。

或者是燈熄著。

恩綾或許是睡了，畢竟夜已經太深，幾乎深不見底。於是仰頭也盼不見那道光。

「顏顥？」

我的身體微微一顫旋即顯得僵硬，我沒有轉身，斂下眼我思索著聲音裡的顫抖，或許是夜風太過凜冽。

顏顥。她又輕輕喊了一聲。柔軟卻不留一絲餘地。

最後我旋過身，映入眼簾的是沐浴在路燈泛冷光線下的她，帶著燦爛卻哀傷的笑，無聲的嘆息充塞著我的胸腔。擠壓著我的意識。

「打了幾通電話給你，到你家也找不到你，有點擔心，想著或許你和朋友有約。」她編織著謊言，並且試圖吞嚥謊言消化成真實，「因為很近，想來找恩綾說話，恰巧就看見你，大概是我想見你的心情太強烈了，所以真的遇見你了。」

「不要再說了。」

「顏顥。」她的笑容依然勉強的掛在臉上，淚水卻安靜的從眼角滑落，「我知道，恩綾對你而言是個特別的存在，沒有關係，我做好了這樣的預備，即使你給我的愛始終缺了一角也沒有關係，所以請你、請你不要因為歉疚而推開我。」

但我或許是因為歉疚才一動也不動的站著。

我為了你的愛回來了。她說。她的聲音如同棘刺扎進我的血肉，她回來了，但我的愛或許已經不在了。

這些日子我反覆想著，也許在往後的生命裡所有人都會將我的動搖歸因於恩綾，然而我知道，我猜想恩綾也會明白，這一切其實和她並不那麼相關。

恩綾的存在確實加快了愛的蒸發，也突顯了這個現實；然而縱使我的生命中沒有恩綾的出現，結果並不會有太大的左右。劇本的扭曲從她離去那一瞬間就開始了。

她捨棄之後，其餘的人也紛紛捨棄，她不要的人生，被捨棄的我們，為了不成為殘渣而奮力前進。安是這樣。她的未婚夫也是如此。

沒有人能夠若無其事的重新開始。

人生不是電影而是舞台劇，一旦上場了，就沒有打板重來的機會。即使劇本就在後台，即使哪個人忘詞，即使佈景換得太早，舞台上的人們只能繼續動作繼續說話，繼續我們自身的人生。

棄演的主角，即使想重回舞台，但劇已經開演，就沒有置換的可能。

縱使聚光燈下的那個人起初以替身的姿態練習著，但正式開演時，走上舞台的人就是主角。

走上台的人，是恩綾。

不是她。

「這樣的卑微不適合妳。」

「顏顥，愛情會讓每一個人變得卑微。無論是誰。」

「但卑微並不會讓人得到愛情。」

所謂的愛不是能夠被得到的。

她朝我走來，在離得非常近的前方停了下來，伸出手她以冰冷的掌心覆蓋在我握緊的左手，抬起眼幽幽的望著我。

「我能夠理解你的心情，真的，當初的我即使感受到你灼烈的愛，卻堅定的認為我並不會被那樣的高溫熔解，因為我的愛並不在你那裡。但是，離開之後我終於發現，也許我只是害怕，害怕自己真的會被熔解而故意別開眼。」她方才流的淚乾了，連淚痕也消卻了，「顏顥，我會等，像你從前一樣等著，現在你等到我的愛了，所以我相信我也會等到你的愛。」

我和她終究是不同的。

她知道，卻假裝不明白。

拿開她靜靜握著我的手，愛讓人變得卑微也讓人變得殘忍，縱使曾經的我深深愛過她，那個顏顥卻被靜置在曾經之中；但我終究愛過她，因而讓我的殘忍顯得猶豫。

然而猶豫卻是把更割人的刀刃。

「我送妳回去吧。」

「顏顥……」

「等待是一件比想像中更加艱難的事，尤其是等待著一個愛著另一個人的人，那不是容易承受的感情。」直視著她，透過冰冷的空氣清晰的將每個字遞送到她那端，「不是因為愧疚，而是因為我愛過妳，所以不希望妳負擔這些。」

「我的愛沒辦法說放下就放下。」

「但是妳曾經放下了。非常乾脆的。」我想起她甚至連告別也沒有留給我，如同恩綾說的，沒有開始所以不需要結束。「所以這一次，也乾脆的放開吧。」

「我不能眼睜睜的看著你再一次承受相同的痛苦。」這次她緊緊的抓住我的手，熱燙的，「恩綾不會接受你的愛，不會。」

——為什麼她能夠這麼篤定的說呢？

「你不知道，恩綾她……」她咬著唇彷彿逼迫自己將話吞嚥回去，那停頓太過刺耳。

「顏顥，我不能放任自己所愛的人義無反顧的走進痛苦之中。假使是其他人，我會告訴自己你會得到幸福、拚命說服自己放手，但恩綾不會給你任何幸福快樂，連可能都不會給。」

「我知道她心裡放著另一個人。」

我知道。

深不見底的。我真的知道。

「不、顏顥你不知道。」她痛苦的別開眼，我的心底泛起強烈而巨大的不安，我想起恩綾生硬的笑，想起她偶爾飄遠的目光，想起她凝望著我的哀傷。「我希望你永遠都不要知道……」

她還是把所有的話嚥下了。

當門闔上那一刻，最後映入視野的是她哀傷的神情，直到她的臉完全被門阻隔，她依然凝望著我。我想起當她將喜帖交給我那天，她帶著幸福洋溢的燦笑轉身，落在身後的我直到她消失在眼前我仍舊移不開視線。

那時的我想著，我終究無法帶給她那樣的笑容，現在的我也想著，果然我無法讓她揚起那樣的笑。

我的愛掉落在時間的縫隙，過了就再也沒有尋回的可能。

然而恩綾站在時間之前，我還追趕不上的時間，彷彿存在著一秒鐘的絕對落差，儘管只有一秒，我和她之間的時間差讓彼此以最靠近的姿態以指尖滑過彼此世界的邊緣；眨眼一般的一秒鐘，畫面暗了又亮，她依然掛著生硬的淺笑，雙手垂落在身側，注視著我所拖曳的影子。

——我不會成為那個人。

彷彿預言一般，振動著我的聲帶所拍打的空氣反撲回我的臉上，妳覆蓋了她，而我陷在自己設下的泥沼。我不會給妳任何愛情。但我的愛情卻把自己給了妳。

「顏顥，顧恩綾已經把自己葬在她的愛情裡，你能給的只有悼念，除此之外，任何的安慰都送不到她的手中。」關起門之前她以遙遠的語氣冷冷的說著，「也許，你會想著自己能夠喚回她的靈魂，但是一個愛得太深的人，早就將自己的靈魂交給對方了。」

我將她擺的合照收進抽屜裡，忽然發現我和恩綾之間沒有任何痕跡留下，即使喝著相同的茶嗅聞著相同的香氣，勾動記憶之後同樣隨風消散；我和恩綾之間，彷彿一種偶然，或然率極低的偶然。

天亮了。

帶著迷濛的光暈。

我的理智隱沒在透著冷意的晨光之中，忽然我好想見到她，發了瘋似的奔跑，凜冽的空氣撲打著我的臉，我卻以強烈的熱氣頑強的抵抗。

——一個愛得太深的人，早就將自己的靈魂交給對方了。

那麼，是不是只要把我的靈魂交給她，她就能落地不再逼迫著自己低空飛行？

用著幾乎要耗盡全力的姿態奔跑著，來來回回踏過無數次的街道，迎著日光我想著，她就靜默的藏匿在光亮之中，不是黑暗而是光亮。

於是，無論哪個人將燈打得再亮也看不見她。

這樣的她卻成為燈熄之後最奪目的微光。

終於我來到她的門前，儘管才剛破曉我卻無暇思索，被熱氣籠罩的手按下門鈴，一下，就這麼一聲的呼喚，我相信她會旋開門。

時間失卻了意義，漫長與短暫交替竄進我的意識，我的身體還散發著餘熱，帶著試探的姿態門被緩緩拉開一個縫隙。

「顏顥？」

語氣中混著將醒的困惑，打開了門她終於站在我的面前。又或者，我終於站到她的面前。

伸出手將她拉進懷裡，忘了披上外套的身子太過單薄，她沒有抗拒也沒有承接，只是安靜的承受。

「吵醒妳了嗎？」

「嗯。」她的語調非常的緩，「但我睡得不沉。」

「恩綾。」

她等著我的接續。除了呼吸之外沒有任何動作，但那細微的起伏之中帶著我能夠輕易辨認的等候。稍稍施力將她抱得更緊。

「我能夠待在妳在的這邊嗎？」

「我能夠待在妳在的這邊嗎？」

顏顥的聲音中夾帶著濃濃的堅定，我聽見他的心跳，迷離的思緒逐漸落地，這裡，他的語意終於被拆解消化。

緩慢的離開他的擁抱，仰起頭仔細凝望著他，雙手不自覺的微顫，他眼底的流光讓人太過熟悉，曾經你也用著相似的目光張望著我；眨了幾次眼我輕輕的搖頭，想扯開笑卻又放棄。

「這裡不是你該來的地方。」

「那麼我該去的地方在哪呢？」

「那是只有你才能知道的答案。」

「既然如此，」他說，我忽然感覺有些冷，「妳又怎麼能說我不該來呢？」

「她在那裡。」

「這並不能成為理由。」

「但她曾經是你的理由。」

「曾經。」

我咬著唇，他精準無誤的抓住我字句裡的疏漏，我明白顏顥對她的愛逐漸消逝，在她尚未歸來之前我早已知曉。

那些日子裡，我以太過專注的雙眼追尋著顏顥。不是顏顥。而是你的影子。當影子有了愛，就不再安分於成為一個影子。我感覺到異境般的隱喻。

「顏顥，這裡沒有你想要的東西。」

「但是這裡有妳。」

「我什麼都不能給你。」我有些難受的斂下眼，「我這裡什麼、都沒有。」

「只要這裡有妳就好。真的。我明白愛會讓人貪求，也會讓人沉淪，然而走到妳面前已經是我的貪求，已經是我的沉淪了。」

——妳是我無盡的海洋。

「顏顥……」

「即使只是一道影子，只要能讓妳不那麼冷不那麼寂寞，」他淡淡的笑了，「也許我一直想扮演浮士德的角色。」

「但我們之間並不是等價交換。」

「可能某一瞬間我會開始感到後悔，但那後悔也含帶在選擇之中，人生的每一個跨步都是賭注，都是浮光掠影，」他的指尖輕輕撫過我的臉頰，留下隱約的溫熱，「我所經歷過的這些人生，我甚至不敢肯定其中包含了多少的自己，然而這一刻，我屬於自己。」

我輕輕的嘆息。

眼前的男人太過堅定，彷彿任何的推拒都會成為他更加堅強的理由，我知道，失去的本身使人更加執著更加沉淪而無以脫身；因而捨棄的前提必須是得到。

給了他那個位置，讓他以最貼近的角度反覆確認我所擁有的荒蕪，這是殘忍，也是吞噬，然而卻能將他所想給的愛蠶食殆盡。

如同你的愛。

被捲入黑洞之後連你也成為荒蕪的風景。

因為你不曾後悔。你說。也許我能成為沙漠裡僅屬於妳的綠洲，所以我必須先走進沙漠。直到轉身那一個眨眼你仍舊不曾後悔。

或許，只要你有千萬分之一秒鐘閃現的後悔，我就能稍微瞥見告別的可能。

然而沒有。你給的愛裡不存在後悔，因而我的愛裡也不會有告別。

顏顥不知道。

永遠都不會知道這一點。

所以他冀望著可能。

但我能給他的只有後悔。

「顏顥，」我說，輕緩的握住他放在我頰邊的手，「如果後悔了，那瞬間，連一秒鐘都不要猶豫，也不需要告別，乾脆的，捨棄吧。」

「我希望自己永遠都不會後悔。」

「但我希望你後悔，並且，」我揚起淺淺的微笑，「沒有永遠。」

顏顥的陪伴並不張狂，所有的貪求與欲望被藏匿在掌心之中並且緊緊抓握，毫無遺漏的注視著他的掙扎卻假裝什麼也沒看見；我和他都明白，想抓住對方必須先鬆開掌心，一旦攤開掌心藏匿在心底的潘朵拉盒子也隨之開啟，於是不能。

於是動彈不得。

偶爾心臟會泛著疼，特別是他揚起清朗微笑的瞬間，這樣的男人，我卻一點一點消耗著他的感情與他的人生。

甚至有幾個轉瞬之間我忽然想，或許，或許我能愛著這個男人也說不定，卻又在眨眼之後我瞥見你的殘影；我害怕如鬼魅一般的愛會奪去他的靈魂，如同你的，如同我的。

我害怕開始貪戀他的溫暖的自己。

冬天總會過去。

那時，就不那麼冷了。

「這陣子來接妳下班的人是顏副理嗎？」

「嗯。」

「一點也不通知。」有著長長睫毛的同事玩味的揚起笑，「大家聊著顏副理的時候妳也沒特別的興趣，而且合作案也結束一段時間了，你們……」

我們。

手邊的動作不自覺停下，望向同事的眼裡也許透著納悶，我們，我思索著，在她回來之前顏顯在我的生活裡是個隱匿的存在，大概我忘了，微小的動作依然能掀起波瀾。

「只是朋友。」

「『還是』朋友。」一旁聽著的短髮同事曖昧的湊近，「感情都是從朋友開始的。不管是你們彼此的朋友，或是你們成為的朋友。」

我想起她。我和顏顯之間的她。

「為什麼我就沒有這樣的『朋友』呢？」

「還沒輪到妳。」

「這種事跟輪流沒有關係吧。」

同事們交談聲越發熱絡，身處其中卻彷彿不在之中，我聽著、看著，想著眼前的這些人。

「恩綾，快點把東西收好，顏副理大概已經在樓下等妳了。」

「他不一定會來……」

「沒來就打電話給他啊。」同事輕拍了我的肩，「兩個人都靠近絕對比只有一個人移動來得快。」

才剛收拾好就被同事們拉著下樓，彷彿我的愛情是一種集體分享的內容，又或者是一種集體期盼的實現。顏顥不過是被投射的實體。

踏出大樓我迎上不遠處顏顥的淺笑，哪個人以曖昧的姿態將我推向他，一群人便頭也不回的將我和顏顥留在身後。她們繼續她們的想像。而我和顏顥必須繼續進行我們的愛情。

「怎麼了？」

「沒事。」顏顥牽起我的手，抬起頭恰好看見他轉頭前眼尾的流光，「你天天都來。」

「妳發現了嗎？」

「為什麼？」

「因為私心。」他笑著，「即使最後那個人不是我，至少，我在妳的生命中留下了痕跡。」

「我記得還不夠嗎？」

「無論再多總是不夠的。人心是無底的。」

「顏顥。」

「嗯？」

「當我的生命裡屬於你的痕跡一道道的增加，那同時，你的人生也不得不畫上我的存在。」

「我知道。」話語之間有短暫的停頓，我感覺他的手稍微用力了些。「這些存在有著重量，我不得不背負著前進的重量，如同放置在曾經的她，或者還停滯在妳心底的那個人，即使必須費力的跨步，但也因此我們得以緩下步伐，更加仔細的體會身旁的風景。」

「背負得太多也許就走不動了。」

「那麼，就讓力氣比較大的我替妳扛下一些重量吧。」他停下步伐深深望進我的眼，「恩綾，我不會強行瓜分妳的記憶，但我會反覆提醒妳，妳能夠依賴我。」

——我在這裡。

斂下眼我盯著他襯衫上的鈕釦，他以溫柔的姿態將我擁入懷裡，在喧囂的街旁，我的雙耳被沉默籠罩，我的世界被他的雙手懷抱，然而我的手卻無力的垂落在身側。

「沒有關係，妳只要這樣待著就好，即使不抓著我，我也會抱住妳。」

「顏顥……」

「嗯。」

「有一天你的力氣會用光的。」

——如果我力氣用光鬆開了手就換妳拉緊我的手，等到我又有力氣了，就會再一次緊緊抱住妳了。

「如果在那天之前，妳能抓住我就好了。」

如果。

「顏顥的愛也誘惑妳了嗎？」

她站在我的門外，敞開的門讓我和她之間沒有任何阻隔，卻有條強烈而不得不承認的界線，隱形的，卻劃分出門內門外。

在我們的生命中充斥著如此的不可見卻又清晰而難以跨越的界線。阻隔著彼此。擠壓著彼此。甚或，逼迫著彼此。

「我沒有想要顏顯的愛。」

「但妳也沒有推卻。」

抬起眼我直直望著她，她的愛與我無關，然而她的愛與我的愛卻在顏顯的愛裡錯合，這世界、與個人的意願絲毫沒有關聯，錯落並且相互纏繞的這個人與那個人，事實上從來就沒有終點，只有死結。

只有盡頭。

「那又如何？」

「妳還是想說這一切與妳無關嗎？」

「不、是與妳無關。」

「顧恩綾，我愛著顏顯，我想要顏顯的愛，所以顏顯的愛就與我有關。」

「那麼妳該找的人是顏顯，不是我。」

「所謂的愛如果這麼簡單直快那就太過輕鬆也太過無聊了，」她揚起嘲諷的弧度，滑開又拉回的視線熱中透著冷，「顏顥不會讓兩份愛情並存，所以妳的、我的，總有一個人要被捨棄。所以不要給顏顥任何可能，妳給不起的，就不要讓人期望。」

「離開之前的妳，也給了他一次又一次的期望與落空。」

我突然覺得非常疲倦，所謂的愛並不是誰和誰約定了就能獲得或者轉移，愛之所以為愛正因為它的飄忽不定，愛太容易割捨又太難以捨棄，窮其一生也無法解答；得不到答案的人們開始執拗的相信自己能左右愛，荒謬的是，人們自以為能左右的並不是自己的愛，而是另一個人的。

尤其是自己所愛的人。

我說：「承接了落空之後，顏顥只是選擇不再承接下一個期望。」

「但是我回來了，這一次我給的只會是期望，而沒有落空。」

「然而這世界上有一種人正在追求著那份落空。」我扯開不帶感情的笑，「例如妳。」

「顧恩綾——」

「正因為顏顥給了妳失去，所以妳得到了一種證明，確實的，能夠清楚感受到那裡曾有些什麼的證明；妳的世界裡有太多他人拚命想得到但一開始就擺在妳身旁的東西，唯一妳沒有的，就是失去。不是妳的捨棄，而是妳被捨棄。顏顥是妳第一份的失去，因而妳想得到。

「那不是愛。」我說。緩慢的。

「我不在乎。這世界能被看見的只有最後的結果。」

「但是顏顥在乎。」視線穿透她落在模糊背景中的某一點，也許顏顥都看見了，又也許他什麼也沒看見，「對於愛的人，沒有哪一件事是能夠不在乎的。」

所以才痛。

額際佈滿薄汗，熱度填塞著我整個身軀，我感覺熱卻又異常的冷，疲軟的手彷彿不屬於我，所有被稱為「我的」一切彷彿都不屬於我，縱使在意識中極端的施力也只能移動分毫。我並不屬於我自己。閉上眼，我放棄了掙扎也放棄了抵抗。

顏顯的身影卻滑過意識邊緣。

那時的我並未察覺也無力察覺，竄過那縫隙的並不是你卻是顏顯，我沒有發現，也沒有試圖抓回那抹殘影。

接著睡去。又醒。

身體稍微回復到能夠掌控的範圍，費力的坐起身，棉質上衣幾乎濕透，我想起身卻連移動都艱難。妳能夠依賴我。右手不自覺的攢緊床單，掙扎著。

我的軟弱會成為他的期望。我不該給他的期望。

然而我終究敵不過自己。

按下已經太過熟悉的號碼，聽著長長的響聲，熱與冷在我體內相互攻訐，我的意識也反覆的翻轉旋繞。

顏顥在那中央。

「恩綾？」

「在忙嗎？」

「沒事。」他的聲音中透著歡快，低張的，卻讓人刺痛的，「怎麼了嗎？」

「我好像、發燒了。」

「我現在就過去。」

「顏顥……」

「我在。」

「我只是因為生病，不是——」

「我知道。」他以微妙的姿態打斷我的話語，「妳先休息，我很快就到了。」

握著微微發熱的電話，蜷曲身子躺臥著，意識開始迷離、渙散，有些什麼逐漸晃動我無法分辨，顏顥的存在藏匿於日常之下滲進我的生命，我來不及察覺。

睜開眼他模糊的身影成為第一個畫面，皺起眉我的頭感覺非常沉，彷彿這世界所有的重量都壓制在我的身上，顏顥坐在床沿，握著我癱軟無力的手，掛著淺淺的笑。

「醒了？」

「嗯。」

「我去倒點熱水給妳。」

顏顥以不驚動我的方式緩緩鬆開手，我分不清他是為了讓我沒有察覺他的溫度，又或者讓我不發現他的離開。凝望著他倒著水的背影，淚水在意識之外落了下來，溫熱卻接續著冰涼。

他扶起我讓溫熱的水滋潤我乾渴如沙漠的喉嚨，目光在我臉上停留了許久，他卻假裝沒有看見自我眼角流出的透明液體；靠在他的胸前，他低張的溫柔帶著輕緩的哀傷與刺痛。

「晚一點我帶妳去看醫生。」

「抽屜裡有藥。」

「我比較相信醫生。」他的笑讓胸口微震，晃動著我的思緒，「也許抽屜裡的藥很有用，但醫生能給的是更多的安心。」

安心。

我就是顏顥不安的起點。

「顏顥，最近他沒有那麼頻繁的出現在我的思緒裡，偶爾會想起你，以為看見他的時候卻看見你的身影……」我進行著緩而長的呼吸，抓著腿上的薄毯，他輕輕擁著我，「然而，凝望你的時候他的身影仍舊晃動在你的身上，大多時候像顏色沒有對準的彩圖，微微錯開使輪廓顯得模糊，然而某些偶爾，正如起初我眼中的你，只是他的影子。」

闔起眼，水氣瀰漫在我的頰邊。我感覺他微微的施力。

「我不知道，我不應該給你任何期盼，也不應該給你任何可能，但是偶爾、開始有那種偶爾，我想著，我想給自己一點可能，儘管微乎其微……」

我說。

清晰的說。

「所以，就到此為止吧。」

「我不明白——」

「顏顥，假使對於你我沒有絲毫動搖，又或者在你身上我不會有尋找任何可能的試圖，我會希望你待在我的身邊，對我而言你的溫度非常溫暖，真的非常溫暖。但是，當我開始對你產生某些在乎，我就會拉扯著你的愛，將你的愛作為一種挾持，逐漸掏空你的靈魂用以填補我的空缺。

「你說過，人心是無底的，因而我心中的空缺也探不到底，我會逐漸啃蝕你懷抱的愛，」我感覺呼吸有些困難，花了很長一段時間仔細的抓取氧氣，「顏顥，起初我試圖憑藉著你帶有的影子讓我體腔內膨脹的愛蒸發揮散，然而我沒有做好在愛被抽離的同時又塞進另一份愛情的準備；而你，我冀望你以無比貼近的距離反覆確認著不可能，愛終會消弭，但我卻動搖了那份不可能。」

伸出手我旋過身子擁抱著他。

「愛的蒸發、消弭和被啃蝕是截然不同的。」嗅聞著他的氣味，他的愛，你的愛，幾乎將我撕裂，「當愛蒸發殆盡之後不過是回歸原位，但被啃蝕之後的愛，剩下的是永難彌補的空缺。」

空缺。

我希望他能完好如初。

「我知道。」他以低啞的聲音緩慢的說，「恩綾，我真的知道。」

「所以——」

「我沒有離開的打算，妳說過，當一個人開始進行選擇之後，其餘的人就不得不選擇，妳移動了一步，伸出手試圖將我推開；然而我的選擇是拉出妳伸出的手，縱使妳想做的是推開我，但我看見的、卻是妳伸出手的畫面。」

他說。

「恩綾，這是我的選擇。」

那麼你的選擇呢？

我始終沒有答應你的求婚。

當你在綠洲獨行 Blank Space

婚戒靜靜躺在書桌旁右邊第三個抽屜裡，那裡頭什麼也沒有，僅有一只裝著婚戒的盒子。我忘了多久沒有打開，搬家的時候也一動不動的搬了過來，刻意的忽略，卻沒有一秒真正忘記它的存在。沒有。

你離開之後安來過幾次，沒有提起你，更沒有提起婚戒，兩個人只是安靜的坐著，連沖上一杯茶的餘力也沒有。

我以為你不會捨棄我，直到今天我依然如此相信，然而我的信念卻與現實形成劇烈衝突，無論是誰都違逆不了現實，我卻頑強的抵抗。拚了命的抵抗。

我開始假裝你還在的日常，但動作與動作之後剩下的是更無法閃躲的諷刺，彷彿假裝的本身就是一種證明。你終究是走了。

然而我的愛並未瓦解，而是逆向嵌入更深的骨骸，以我從未給過你的深切，在你離去之後反覆將愛塞進最深處。每一次心臟跳動都會感到疼的深。

我以為是自己不夠愛你的緣故，所以只要將愛刺得更深扎得更緊你總會回頭的，日復一日。日。復。一。日。

——你不會回來了。

當顏顥開始動搖我的愛那瞬間起，我就已經失去喚回你的資格了。

抬起眼我的視線落在右前方專心讀著書的男人，我和他之間的日常是無比安靜的，然而我身軀裡瀰漫的感情卻極端喧囂；彷彿我到底是背叛了你，又彷彿你的離去早已是最深的背叛。

我不明白。

「在想什麼？」

「沒有。」輕輕搖頭我別開了眼，我知道，他能輕易看穿我的閃躲，卻也只能閃躲。「我去泡茶。」

才剛起身他就已經走到我的面前，猛然拉住我的手將我扯進懷中，日復一日，我想著，被壓制在底下的貪求與私心會隨著分與秒的流逝而更加強大，顏顥的趨近，顏顥的碰觸，即使隱微卻透露了他藏匿的躁動。

愛讓人無法安於現狀。

一旦往前一步之後，無論多麼拚命的忍耐，都壓抑不了想跨出另一步的渴望。

他知道，在恍惚之中我又想起了你。

我對你的愛如棘刺一般綑綁著他，顏顥卻只能安靜承受，什麼也不能說。

「恩綾，我在這裡。」

「我知道。」

「我真的在這裡。」

不在這裡的是你。你不在這裡。因為顏顥在這裡。

垂落在身側的雙手有那一瞬間想要抬起，卻在那閃現之後再度失卻氣力，過了很長一段時間我散落的思緒終於凝聚，以最不傷害顏顥的方式緩緩將他推離。

「喝點熱茶就不那麼冷了。」

「我不覺得冷。」在我轉身走向廚房的半弧之中，顏顥的聲音拋進了那不完全的圓，「我並不是為了取暖。」

即使不冷。也想。擁抱。妳。你。

凝滯之後我終究是移動了，斂下眼無聲的嘆息從呼吸溢出，我輕撫著右手指節，最後停在流理台前旋開水讓寒冷的水毫不留情的沖洗著我的右手。逐漸麻痺我的知覺。

忽然你自身後緊緊擁抱我。不發一語。

他。

冰水擊打的聲音擴大了沉默，你不在這裡，因為顏顥在這裡。

12

冬天終於過去，春天卻還來不及到來。

在季節與季節的夾縫之中下了一場滂沱大雨，安舉行了婚禮，鋪張的、帶有宣告意味的盛大婚禮，她沒有出席卻藏匿在每個人的心思之中，滑過話語的邊緣，彷彿她依然是主控整場婚禮的主角。儘管站在目光中央的是安。

安明白。比誰都還要深刻的明白。

「她會成為我和那個人之間永遠的隱晦不明，即使她始終耀眼的站在中心，在我的心中，她不過是道深沉而厚重的影子。」

「越深越黑的影子會讓人看見更光亮的本身。」

我想起顏顥，想起你，這些日子我逐漸感到混亂，分辨不清究竟你或者顏顥是那抹影子，或者光亮。

他靠得太近，近得我無從分辨。

「我看見顏顥牽著妳的手。」

「嗯。」

「恩綾，這世界每一秒都在移動，都在流逝，我們也無法定格在某一點。」

安戴著紗質蕾絲手套的手握住我的，「所謂的過去像一張張照片，被框在平面的紙上，縱使鮮明卻不屬於這一刻。」

「今天是妳的婚禮，這不是合適的話題。」

「婚禮不過是一場儀式。」安的唇角扯開淡而輕的弧度，「但我還是很開心妳來了。」

安的視線忽然轉移了落點，轉過身我看見顏顥的走近。

「恭喜妳。」

「我還以為一輩子都不會從你口中聽見這句話。」

「人總會變的。」他輕輕的笑了，「何況，我本來就沒有資格干預其他人的愛情。」

「時間差不多了，」安鬆開握著我的手，傾向前給了我一個擁抱。「如果覺得累先離開也沒有關係，參加婚禮是件耗費極大力氣的事，不管在台上或者台下。」

我輕輕撫平她禮服上的皺褶，「快去吧。他在等著妳。」

「嗯。」

安堅定的走向那個人，白色身影淡出我的視野，顏顥默默握住我的手，喧囂忽然自不遠處迸裂，婚禮開始了，安終於到達。

仰起頭我望向顏顥，不期然迎上他幽黑而深邃的眸，他泛開太過溫柔的笑，不由自主我跨過那小段空白，緩緩將身子貼上他的。

「我們回去吧。」他說。

回去。

顏顥拉開了第三道抽屜。

如同一種註定。

雨停了。而他站在窗前燃起他許久未沾唇的菸。

半透明煙霧纏繞著他的身影，緩緩走近卻瞥見他眼底一閃而過的遙遠與哀傷，他捻熄了菸，氣味卻挑動著彼此的神經。

「顏顥？」

「抱歉，忽然想抽菸。」

「沒關係。」我又消弭了一小段的空白，伸出手想拉住他的手最後卻又滑過，在滑落的弧度之中他抓住了我。「只是不喜歡你皺著眉。」

「恩綾，」他的言語之中透著緊繃，拉扯著兩個人之間的邊界，「我仍舊、只是影子嗎？」

顏顥壓抑的嗓音試圖藏匿所有情緒起伏，然而無論腳步放得多慢這一刻終究會來臨，滯留於邊界外的秒與秒都是誘惑都是脅迫。想著。不能跨越，一旦採取動作那不完全的得到便會成為零。想著。應該跨越，始終站在原地必然會將所有的可能盡數犧牲。

我們不過是行走於這世間太過普通的人們。

「你想聽見的是什麼樣的答案呢？」

「我不知道。」

「顏顥，」我逼迫自己扯開笑，「我能說出口的答案只有一個，無論那是不是你冀望的，無論那是不是我想回答的。」

「沒有人逼妳待在原地背負著已經逝去的愛。」

「我知道。」他的施力逐漸超出我的負荷，痛感逐漸纏上我的右手，「始終逼迫著自己的是我，困住自己的也是我，我比任何人都清楚，也許，只要不顧一切的將所有過去扔進大海，我就能若無其事的追尋所謂的幸福快樂；但是，這是我的選擇，如同你選擇背負我的愛情，我不過是選擇背負著屬於他的愛。」

選擇。這是我的選擇。我的贖罪。我的愛。

顏顥痛苦的斂下眼，手忽然鬆開，極為突然的。鬆開。

他從口袋裡拿出一只精緻的黑色盒子，我的身體不受控制的發顫，他沉默的將盒子擺在窗台前，過於緩慢凝滯的動作裡含帶了太過複雜的心思。

「或許我還是太天真了。」他沒有看我，目光落在窗台邊那只孤零零的黑色盒子，「以為自己能夠承受，也以為妳會慢慢將我納進心底……然而無論靠得多近，無論擁抱得多緊，都敵不過妳心底的曾經——」

他輕輕笑了。帶著對他自己的嘲諷。

「試圖打破現狀結果不得不面對的是碎落一地的殘渣。」他抬起頭望向我，「本來是想藏起來，一天一天釋放線索，一天一天將妳拉得更近，我想著，當妳拉開抽屜的那瞬間也許會揚起淡淡的笑，對我而言那就夠了。但是，沒想到拉開抽屜我先看見了妳的曾經。」

你留下的婚戒。

「我花了很長一段時間，反覆告訴自己，或許那只是紀念，或許妳只是忘了，或許……但我知道，那裡從來就沒有或許。」

「顏顥——」

「我該走了。」他說，別開眼。「趁著雨停。」

於是顏顥走了。

他的愛卻還留在窗邊。

留在這裡。

日子悄然無息的流逝，彷彿時間是一陣風，輕輕撫過頰邊，在人們眨眼之後縱使察覺不到風景的變化，眼前的所有都已經歷那陣風。

這整個星期的日常裡沒有顏顥的身影。卻準時在夜裡十一點傳來簡單的字句。

——早點睡。

——明天記得帶傘。也許會有雨。

——窗記得關，夜裡的風太涼。

——晚安。

——氣溫變化非常大，記得穿暖一些。

——週末好好休息，不要忘了吃飯。

——不要不小心坐在沙發上睡著了，早點休息。

我沒有回應任何一封訊息，也沒有試圖撥打他的號碼，只是在夜裡反覆讀著他的字句。抹去所有感情卻更加挑動深處的感情。

顏顥按下發送的不是訊息，而是等候。

那只黑色盒子仍舊沉默的待在窗台旁，闔起的窗有陽光卻沒有風，覆蓋上薄薄的灰塵我甚至不敢走近；如同塵封於抽屜裡你留下的婚戒，我以最貼近的姿態逃躲著。

我終究無所遁逃。

走到窗台前緩慢的拿起盒子，不特別輕也不特別重，然而我的掌心卻感覺非常沉。收進外套的口袋裡我旋身走出這間沒有風的房間。

來到顏顥的門前。

路途中我什麼也沒有思考，任憑潛藏於身體裡的記憶操縱著自己的步伐，我與顏顥之間相隔的路途已經成為日常，從這裡到那裡，或者從那裡到這裡，看起來如此輕易，走起來卻太過艱辛。

我敲了他的門。悶厚的回音。我不想以高揚的門鈴聲驚擾了他。卻依舊翻攪了他的人生。

門被打開了。

無論如何門都被打開了。

「先進來吧。外面冷。」

「顏顥——」

我沒有踏進的打算，但我終究跨過了那道無形的分界，站在客廳中間注視著他站在流理台前的背影，彷彿為了彼此之間取得平衡而爭取著時間，他沖泡著香氣滿溢的熱茶，試圖以香氣以沉靜以距離讓兩個人拉扯的線不那麼緊繃，不那麼瀕臨斷裂。

然而我的到來是為了扯斷那條線。

他將白色瓷杯放在我面前，在端起之前我將那只盒子沉默的置放於桌上。

「我想，這不適合留在我那裡。」

「妳那裡，已經放了一只無法取代的盒子了。」冷靜卻壓抑的嗓音拉扯著我的意識，「因為我的貪婪所以必須被驅逐了嗎？」

「顏顥，這與你無關。」

「與我無關？」忽然顏顥笑了出來，啪的一聲我彷彿聽見某些什麼被扯裂的聲響，「我知道，從頭至尾我的愛就與妳無關，妳的愛，也跟我一點關係也沒有……」

我痛苦的斂下眼，「對不起。」

「——對不起。」長長的嘆息自他的呼吸蔓延開來，「我始終在想，反覆的想，為什麼自己靠得那麼近妳卻看不見我，為什麼自己的擁抱收得那麼緊妳卻得不到溫度，但並不是這樣，稍微，在妳身上稍微產生了動搖，我怕晃動得過於劇烈妳會感到害怕，所以告訴自己必須放得更緩，必須走得更慢……或許該說對不起的是我，我終究引起了妳的懼怕，終究、無法覆蓋妳的曾經……」

覆蓋。而非取代。

顏顥已經讓步太多。

「顏顥，真的，不只一個瞬間我想待在你的身邊，只是我已經選擇了，在你的到來之前，我已經畫下選項並且交出答案了。」我說，「我已經，沒有贍改的資格了。」

「為了一個不在妳身邊的人妳究竟是為了什麼？」

顏顥踏過了我和他之間的遙遠來到我的面前，抬起頭我迎上他滿佈痛苦的臉龐，或許在他清朗微笑背後所藏匿的正是這些痛苦；淚水緩緩滑落，幾乎我就要伸出手但我卻沒有資格。

「對不起……」

「妳想把自己弄到多狼狽才甘願？」他緊緊抓著我的肩膀，痛覺逐漸攫獲了我的身軀，我的意識卻越加清晰。「既然妳愛著那個人，為什麼要待在原地逼迫著自己，妳什麼都沒有做，自顧自的悲傷是想讓誰憐憫妳？他不會看見，妳不走到他的面前他就不會看見。」

睜大雙眼任憑淚水無聲潰堤。緊抿著雙唇我的指甲深深陷入掌心，忽然我的呼吸開始感到困難，妳不走到他的面前他就不會看見，我的意識像被摔碎的玻璃杯，用盡全身氣力我猛然推開他。

冷冷的看著他，我不自覺笑了出來。頰邊的溫熱反覆拉扯著我。

「走到他面前他就能看見嗎？」

——你會回來嗎？

「至少妳努力過了，耗盡全身的力氣之後，就能奮力的放棄，妳才能放過自己……」

那麼誰能夠將你從對我的愛情裡釋放呢？

我不能讓你一個人孤獨的被困在裡面。不能。

所以、我陪著你一起待在裡面。

「恩綾——」

「我沒有辦法、什麼辦法也沒有，」在你離去之後這是我第一次聲嘶力竭的哭泣，我搖著頭一步一步往後退，水氣模糊了所有畫面，我幾乎分不清眼前的是顏顥還是你。「我想離開這裡但這裡卻是唯一有你的地方，我怕，我真的很怕，一旦我往前走了，就再也、沒有你了。」

你就再也不會回來了。

13

「恩綾。」

「嗯？」

你自身後環抱著我，輕輕枕在我的肩上，你總喜歡在我沖泡著熱茶時膩著我，你說，這是最溫暖的日常。

「我最喜歡的季節就是冬天。」

「為什麼？」

「妳只要覺得冷就會偎著我，所以喜歡。」

「不冷也會靠在你身邊啊，待在你身邊是因為愛你，才不是因為冷。」

「我知道。」你愉快的笑了，我的肩感到微微的震動，如此具切。「只是冬天能夠讓妳更確切的感覺到我的溫度，讓妳更確切的感覺到我的存在。」

「你一直在這裡啊。」

「那麼妳也會一直跟我待在這裡嗎？」

一直。

拿起馬克杯裡的茶包，熱燙的茶液自膨脹的茶包流下，指尖不小心被碰觸到那高溫，也許你比我更早感覺到我的顫動，抓住我的手旋開水讓水沖洗著指尖，你的心疼滲進了我的肌膚。

「只是稍微碰到，不要那麼緊張嘛。」

「妳不知道嗎？只要是關於妳的一切，在我的世界裡都會被無限制的膨脹。」

「那你一遇到我就會變成河豚的樣子嗎？」

你溫柔的輕吻我的臉頰，關起水仔細的將水漬拭乾，以掌心包覆著我的手彌補著被水帶走的溫度。你的愛從如此微小的動作裡都顯得濃烈。

「河豚很好吃喔。」

「可是我捨不得啊。」回過頭我開心的笑了，「繼續站在這裡，茶都要涼了。」

「那就這樣喝吧。」你端起茶臉上始終掛著輕暖的微笑，「好溫暖。」

你仍舊環抱著我的腰，貼靠在我身後，耍賴一般啜飲著熱茶，你總是縱容我，我也總是縱容你，端起杯子讓溫熱的液體滑過我的咽喉，溫暖的體內與來自於你的溫暖，之間，卻隔著某種難以說明也難以傳遞的冰涼。

「恩綾。」

「嗯？」

「我們結婚吧。」

我的身子不由得輕輕一顫，毫無掩飾的透到你的身上，斂下眼凝望著杯中倒映的自己，你不是第一次這樣對我說，總是以最不驚擾的姿態以雲淡風輕的口吻說著。

彷彿那只是隨口說出的話語，然而我明白，那是你替我留下的餘地。

「你總是這麼說。」

「我每次都很認真呢。」

「那你準備好婚戒我就仔細考慮吧。」

「真的？」

「嗯。」

「那我現在拿出婚戒會嚇到妳嗎？」

「會。」我握緊了溫熱的杯子，刻意讓語氣顯得歡愉而高揚，你會輕易看穿，我知道，縱使明白卻沒有辦法。「哪有人在廚房求婚的。」

「真可惜。這是我第十七次進攻失敗。」

「我覺得現在這樣很好。」

「但我貪得無厭啊。」你稍稍收緊了手，「我是想要妳所有一切的貪心鬼。」

「有一天我會把所有的什麼全部給你。」轉過身我皺起鼻子說著玩笑，「不管你想不想要通通都給你。」

你的神情卻無比認真。

「那麼我會等。」

「我……」

「恩綾，我會等。」

14

你還在等。

安一早就來了。

日子一天一天逼近我就越加恍惚，月曆上即使沒有任何塗寫，17這個數字卻無限制的膨脹，彷彿分配極度不均般擠壓著整張曆紙。

17。

如同咒語一樣的數字牢牢禁錮著我的人生。我的感情。以及你。

十七歲那年我認識了安、遇見了你，一切都那麼自然而流暢，我從未懷疑如此的日子會有終結的一天，那時的我理所當然的以為我和你會以緩慢的步伐持續走下去。真的。即便到這一刻我依然無法捨棄。

你從17這個數字到來，卻也從17這個數字離去。

你帶著第十七次的落空走出那扇門，道別的時候臉上依然掛著溫柔和煦的笑，彷彿你的胸口裡從未承裝失望。你只是笑。

只是說了晚安。

「還好嗎？」

「嗯。」安始終有些小心翼翼，這不像她，然而我也已經不像從前的我。「走吧。」

坐上安的車，狹小的空間中沒有交談沒有音樂只剩下呼吸，沒有你的我和安的呼吸。我忽然感到呼吸有些悶滯。開啟了音樂流轉的卻是你最喜歡的布拉姆斯，咬著唇將目光移往窗外，模糊一片的光景如浮光掠影般快速移動，像快轉，也像倒轉，我希望能快轉過這段時光卻也冀望能夠倒轉回那段時光。

然而一旦按下播放鍵，一切都不得不回到現在。現在。

「安。」我的聲音非常輕，不仔細聽也許什麼也無法辨認，但我想安確實聽見了，在布拉姆斯的音符之中所有人的神經都會被繃緊，於是任何的什麼也都隨之放大。「這段路，是我一生中最害怕的一段路……」

這是我和安的談話之中，第一次提起你。

「因為路的終點是他，卻也因為路的終點沒有他。」

我分辨不出那滴落的聲響是來自於我的淚水或者安的哀傷，像極深的夜裡旋不緊的水龍頭，緩慢而空蕩的回音，規律的，單調的，荒蕪的。

當你在綠洲獨行 Blank Space

·

布拉姆斯始終在旋轉。

我終於來到這裡。

安將飄動著浮香的百合放在你的面前，你不喜歡過於濃烈的氣味也不喜歡鮮豔的色彩，我擦拭著冰冷的碑石，想著，那是你，那並不是你。

臉頰輕輕貼上，試圖傳遞某些溫暖給你，透進我肌膚的冷卻越來越強烈，越來越難以忍受；安摟著我，將我拉離，自頰邊擴散的低溫卻揮之不去。

忽然我想起你從未拿出的婚戒。躺在抽屜裡的婚戒。

你說了晚安之後將落空完美的藏進外衣口袋，在我額際落下輕而溫暖的吻，當我關起門、當我接起你回到家之後打來的電話，我們會入睡，接著明天會到來，我們總是如此習以為常。

以為，明天總會到來。

明天總會到來。

然而醒來之後，我的明天來了。你卻沒有走到我的明天來。

假使我沒有接起那通電話或許一切都會改變，即便荒謬我卻不由自主的那麼想，熟悉的號碼卻聽見陌生的聲音，她說，你走了。

我和安以幾乎拋棄理智的姿態走進充滿藥劑氣味的巨大牢籠，穿著冰冷白衣的人們將染紅的東西交給我，你的，他們說，那抹觸目驚心的紅同樣是你的。

那之中，格外鮮明的是一只紅色的盒子。你始終沒有機會拿出的盒子。擺著不同尺寸成對的婚戒，擺著屬於你的期望，擺著你的愛。

忽然我明白，那之中，也擺著你十七次的落空。

落空。

安緊緊抱著我，支撐著我幾乎癱軟無力的身軀，彷彿走進極地一般我劇烈而瘋狂的顫抖，睜大雙眼卻什麼也看不見，我不知道那是不是哭泣，淚水只是掉落，沉默而死寂的掉落。連同我的愛，我的自身，也一併狠狠摔落。

我始終沒有和你道別。

始終沒有見到你。

他們不讓我見你，那些穿著白衣的人，你的父親，你的母親，你的姊姊，甚至安也阻攔著我，於是我只能在離你最近的地方想像著你在那裡。支離破碎。混亂之中只有這四個字進入我的意識，我分不清他們說的是你還是我。

最後，只有你的父親走近你。

你所擁有的世界，卻只剩下一個人的告別。

「回去吧。」安輕輕的說，「就快下雨了。」

安扶著我的身子，溫柔的逼迫我離開，我的世界裡的每一個人都溫柔的逼迫著我離開你，彷彿你是一段不得不跨越的曾經。

曾經。我想起你轉身之前的笑臉，也許，那是我最害怕失去的定格。

「恩綾，他希望妳好好的。」

「我只是，怕他冷。」

「他一向是我們之中最不怕冷，也最堅強的人，所以，」安壓制著她的哽咽，「他會希望我們好好照顧自己。還記得嗎？他說，天氣一冷妳就會感冒，所以他總是怕妳冷……恩綾，這裡太冷了，他會擔心妳的……」

那麼、你就不得不獨自承受著這巨大的寒冷了。

安一步一步將我拉離，我凝望著和你之間逐漸擴大的距離，彷彿一種深刻的隱喻。太過深刻的隱喻。

我終究還是離開了你。

——那麼妳也會一直跟我待在這裡嗎？

某一瞬間我忽然想起我始終沒有回答過你，而你卻安靜的吞嚥下這巨大的問號，任憑問號擠壓著你的內部。

從此我讓答案在我體內膨脹，想著，也許有一天，能夠將答案遞交給你，將你自劇烈的擠壓裡釋放。

釋放。

然而我卻說不出口，彷彿一旦回答了，這一切就會像緩緩升起的泡泡一樣，應聲破裂。

於是我小心翼翼的將泡泡捧在手心，只要不升起就不會破裂；但我的手，捧著脆弱泡泡的雙手也無法移動，無法牽起任何人的手。

無論是安的，或是、顏顥的。

安離開之後我一個人坐在客廳沙發上，沒有開燈也沒有開窗，滲進的微光無論是月光無論是燈光都不會是飛蛾冀盼的火光。

閉上眼我無力的癱坐著，睜眼時不那麼強烈的酸澀感從闔起那一刻兀地迸發，原來這是哭泣之後最猛烈的知覺，不是疼不是累而是酸澀。

我聽見門被轉開的聲音。錯覺。我想。繃緊的神經偶爾會太過輕易的被落地的灰塵扯動。在流逝的夜裡我總以為你會旋開那扇門朝我走來，卻又在日光灑落之後反覆記憶那空無一人的寂寥。

我已經搬家了。

縱使你回來也找不到路。我想著。我終究離開了你。終究。

「恩綾——」

低啞的嗓音扎進我的意識，我不敢睜開眼，一動也不動的待著，隱約的氣味浮動在空氣中，你小心翼翼的將我納進懷裡，不發一語。

我的淚水滑過頰邊沾濕了你的外衣，你只是輕輕撫著我的髮，剪了之後又長了的髮。

「我在這裡。」你說。

17之後接續的是18，在兩者的分界我總是感到迷離而恍惚，我想起生日那天我們一起喝的酒，你說，原來成年之後才能喝的是苦澀；在安的生日我們抽了第一根菸，怎麼成年之後才能做的每件事都這麼難受，我寧可不要成年，你玩笑的話語在遙遠之後的某天竟成為我的夢。

夢醒了之後，才發現多麼遙遠，多麼飄渺，多麼奢望。

我睜開眼，花了很長一段時間才分辨清楚自己確實在哪個人的懷抱之中，你的，有一瞬間我忽然這麼想。但我已經不再擁有屬於你的可能。

抬起頭我看見他皺起的眉，整整一夜他就這麼擁著我，以低啞的嗓音反覆說著「我在這裡」；伸出手卻感到刺痛的麻痺感，揉平他眉間的攏起，指尖順著他的左頰滑下，最後停在他的肩上。

他緩緩睜開眼，當他唇邊扯開清朗的微笑，我才發現眼前的男人變得如此憔悴。

「你瘦了。」

「嗯。」他握住我的手，「冷嗎？」

「不冷。」

「天才剛亮，妳多睡一會兒。」他輕輕靠在我的頭上，「醒來之後我還是會在這裡。」

「顏顥……」

「對不起。」我感受到顏顥微微的顫動，對不起，這三個字有著無盡的延伸，我以為他會提起你，但他沒有。顏顥以他的溫柔吞嚥下所有的一切。「我擅自開門進來。」

「沒關係，」我閉起眼，終於伸出手拉住他的外衣，「鑰匙、是我給你的。」

「睡吧。」

「顏顥。」

「嗯。」

「你能跟我說晚安嗎？」

顏顥稍微收緊了他的擁抱，細微卻強烈的，以緩慢而切實的口吻，他說。

「晚安。」

晚安。

這句話我也忘了對你說。

15

紫藤花開了。

街角那株紫藤自顧自的綻放，隱約的香挑動著過路人的思緒，灰黑的柏油路面躺著幾朵被打落的紫，抬起頭沉浸於眼前美好的人們總不經意的踩過，於是化作春泥卻碰不著土。

「怎麼了？」

「沒有。」我輕輕搖頭，「只是在想花開了。」

他以輕緩的姿態牽起我的手，「因為冬天過去了。」

「顏顥，」貼靠在他的手臂上，這些日子兩個人都試圖以不著痕跡的方式稍微趨近對方，他的動作放得極為輕緩而安靜，逐漸滲進我的日常，並且成為我的日常。「我好睏。」

他笑了。太過寵溺的笑。

將我攬進懷中，他知道我並不真的那麼睏倦，只是還沒有辦法自然而流暢的靠近，坐在窗台前我們之間遺落了時間也遺落了所有聲音。

偶爾我會想起你，卻不那麼頻繁而猛烈，總是想起你的笑，想起你微熱的擁抱。想起你給的愛。

顏顥和我都明白你始終在這裡，卻未曾提起。每當凝望著他清朗的笑，我總感覺胸口泛起微微的疼，顏顥替我留下太多餘地，而或許，他連旋身都難。只要你仍舊是我心底的坎，便會成為他血肉中的刺。

「顏顥，有沒有那麼一瞬間，你感到後悔？」

「也許有，也許沒有。」

「我不明白。」

「其實我也不太明白，關於妳，關於這一切，對我而言每一個部分都難以說明。」稍稍拉開身子我仰頭望著他，「唯一能肯定的，大概也只有『我仍舊在這裡』的事實。恩綾，我不過是一個平凡的人，會動搖、會不安，也會後悔，然而在層層疊疊的疑惑與掙扎之後我還是在這裡。」

「我始終在想，他是不是曾經有一秒鐘後悔愛上我，」顏顥的雙眼如無底深潭，我的唇有些顫抖，這是我第一次，提起你。「他總是寬容的接受我的一切，太過寬容……即便我給了他一次又一次的落空，他依然在等，等著，等著的也許是下一次的落空……」

顏顥輕撫著我的瀏海，安靜的聽著，如同你的寬容。

最後他揚起清朗的微笑。

「他已經等到妳了。」他說，清晰的，切實的，「他已經等到妳了。」

忽然我體內被壓制在最深處的某些什麼一口氣往上竄，咬著唇我感覺豆大的淚滴彷彿旋開水閥一般猛烈的滑落，顏顥的手溫柔貼放上我的臉頰，於是成為淚水流經的路。

其實我明白，真的明白，你已經不在這裡的事實；然而這一瞬間，落下淚的這一瞬間，彷彿，我才終於意識到這樣的現狀。

也才真正能接受你的離去。

「恩綾，我知道，也已經做好所有的準備，無論過了多久、也無論哪個人做了多少努力，他始終都會佔據著妳心底最深的那一塊。這是妳給他的，最深最沉的愛。不管是誰，窮其一生所追尋的無非是如此的愛，而妳早已給了他。也許在妳還沒察覺的之前他就已經明白，所以他承接的並不是落空。」

——有一天我會把所有的什麼全部給你。

「妳待在原地已經夠久了，久得、讓他切切實實的明白妳有多愛他了。」

顏顥的臉龐在我面前糊成一片，我看不清，卻仍舊睜大雙眼，彷彿那是你。是你。

「恩綾，愛的存在從來就不是為了將哪個人鎖在不見天日的深淵，而是希望有一天，那份愛能夠成為妳的世界裡最燦爛的彩虹。」

彩虹。

斂下眼在模糊之中我看見，滴落瞬間的淚，滑過，掉落，整個世界模糊而恍惚，然而顏顥的溫度確實傳遞而來。他在這裡。

我從來不敢肯定的這裡。

「生氣嗎？」

「嗯。」

安將飄動著清香的薰衣草茶遞給我，安定神經，雖然不那麼喜愛薰衣草的氣味，然而久而久之也成為習慣的一部分，安說，習慣是件太過可怕卻又讓人耽溺的事。

淺淺啜飲了一口，視線流轉於安的新住處，交錯著安與那個人的線索與感情，米白色窗簾是安一直以來的構圖，木製餐桌大概是安的妥協，安總是偏好於洗練的白或者黑。

突然我的目光停滯在某一點。

「猶豫了很久最後還是擺上去了，假裝沒有雖然暫時不那麼痛，然而一旦真的什麼不曾存在，對我而言，那才是最讓人難以忍受的事。」

「妳那時候還是長髮。」

「嗯、剪了之後覺得俐落很多，」安笑了，「不知不覺就變成大家眼中『總是短髮』的女人了，不過也才幾年，人的知覺實在是不可靠。」

你的告別式之後安斷然的剪去長髮，你曾經說過，比起長髮安絕對比較適合短髮，但安總是不理會，我喜歡的人喜歡長髮，安總是這麼說。

——早知道就聽他的話了，前幾天那個人誇我說短髮很適合我呢。

我知道，那是安對你的悼念。

「既然覺得生氣就罵我吧。」安給了我一個「沒辦法」的笑，「我不會回嘴。絕對。」

「雖然生氣但現在沒有生氣的心情，暫時留著吧。」

雙眼不由自主又轉回擺放在書櫃上的合照，有著安、有著我、有著你，笑得如此燦爛。我幾乎忘了曾經自己總是那樣笑。

你離開之後，我和安做了對你而言最殘忍的選擇，屬於你的一切被彌封在沒有縫隙的盒中，彷彿你從來不曾來過；於是我和安忍受著生命中兀然湧現的刺眼空白，忍受著被強風吹蝕的空洞，以勉強的姿態進行著日常。沒有你的日常。不曾有你的日常。

我知道，安是為了保全我。

為了支撐住幾乎崩陷倒塌的我。

「但我還是要替自己辯護，顏顯追問的時候我堅持了很久、非常久，但沒辦法顏顯比想像中的還要難纏。」安輕輕握住我的手，「雖然這些事應該由妳打破，但像薰衣草茶成為我的習慣一樣，那樣奮力的假裝或許也變成了一種習慣，如果不設法掙脫的話，也許，往後的人生就會困在巨大的繭裡面。」

「……我知道。」

「有些時候我們無法單憑一己之力推開阻礙，所以需要某個人的施力，恩綾，他不是我們的阻礙，我希望他不會是我們的阻礙。」

——你不是。不是。

我望著覆蓋在我手背上的安的手，以及那只婚戒。

「安，」我輕輕喚著她，「謝謝妳。」

「我今天見了安。」

「她還好嗎？」

「很好。」

「那妳還好嗎？」

「很好。」

「不問我好嗎？」

「你好嗎？」

「還好，只是想妳。」

電話另一端的顏顥聲音帶有微妙的失真，我並不知道兩個人隔了十公里、一百公里又或者一個海洋會不會放大這樣的失真，然而他的存在一次又一次在我心底進行不準確的微調，剝除你的影子，又添進他的顏色。

於是顏顥逐漸成為顏顥。

「東京很冷嗎？」

「有一點，」他的笑彷彿輕輕震動著我周旁的空氣，「東京的春天和台北的春天還是有著溫度差，不過幸好，怕冷的妳待在比較溫暖的台北。」

「顏顥。」

「嗯？」

「這裡不冷。」

「我知道。」他說，「所以我才能放心到遙遠的地方出差。」

「東京不遠。」

「對我而言只要不在妳身邊就顯得遙遠。」

「顏顥，」我說，「只要能到的地方，就不遠。」

另一端傳來短暫的安靜，他的呼吸隱約挑動著意識，我想起台北和東京相差了一個小時，然而我和他體內的某些什麼卻稍微同步了一些。

「那麼、妳在的地方，是我能夠到達的地方嗎？」

「我希望你待在現在的位置就好。」站在窗邊夜晚的風透著些許涼意，「也許還需要一點時間，但是，我想——」

「恩綾？」

「我想走過去。」我的手不自覺的握緊，「走到你在的那裡。」

突來的沉默也許之中也包含著彼此的時間差，當我往前走而你也不得不擺在我的身後了，緩而細長的呼吸，心臟泛著細微的疼，也許窮其一生我都會被如此的疼痛纏繞，然而那卻在分分秒秒之間都證明著我確實活著。

「我會等妳。」

顏顥的聲音低啞而緩慢，「恩綾，我會等妳。」

——我會等。

緊緊抱著花束，那之中只有百合，飄著淡香的百合，其實你並不那麼喜歡，你總感覺花被摘下之後某些什麼也被強制終結，你說，兀自生長的花是最美的。

站在你的面前，七百多個日子以來我終於獨自站在你的面前，將百合仔細插進花瓶，擦拭著你的微笑，我的手正微微顫抖，花的香氣縈繞在鼻尖，酸澀逐漸瀰漫雙眼，凝望著你緩慢的我扯開嘴角，淚水卻滑過微笑的邊緣。

我怎麼能讓你一個人在這裡？

意識逐漸晃動，必須憑藉著你支撐著自己，倚靠著冰冷的碑石在你面前我的心總是太過輕易動搖，幾乎失卻所有氣力我癱坐在這裡。

冷的知覺竄上肌膚，我想著你承受著更深更冷的分與秒，那裡、有著更深更沉的無盡。

「恩綾——」

忽然我冰冷的身軀被溫熱的什麼覆蓋，我還來不及分辨，卻清晰的感受到逐漸退去的冰冷，我所理解的並非溫暖而是被消弭的那部分冰冷。

「恩綾……」

花了好一陣子我才認出眼前的人是你的姊姊，她溫柔的擦拭著我頰邊殘留的水痕，輕輕擁抱著我，擔憂的神情覆蓋了她美麗的臉龐，我記得，她那與你太過相似的晶亮的雙眼。

一不小心，我喊出了你的名字。

她任何的什麼都沒說出口，只是將我拉進懷裡，她的心疼彷彿透過雙手滲進我的體內，拉回我迷離的意識，你的愛竟或成為我生命之中巨大的恍惚，於是我游離於濃霧之中，在你的愛裡瘋狂尋找著你。

抗拒著你已經不在這裡的現狀，卻沒有察覺，你始終在這裡。

你始終在這裡。

「——姊姊。」

「嗯。」她讓我靠著她的肩，「坐在這裡太冷，不小心就會感冒了。」

「我只是想來看他……」

「我知道。」

緩緩站起身我感到有些暈眩，姊姊握著我的手，眉宇間透著濃濃的擔憂，我忽然想，你的臉龐是不是同樣佈滿擔憂？每個愛我的人是不是同樣的憂心呢？我的凝滯也成為了其他人的窒礙難行。

「百合，開得很漂亮。」

「但是他不喜歡被摘下的花。」凝望著你的笑，那抹笑永遠如此燦爛，「即使知道卻還是買了花帶來，想著，至少能帶給他一點顏色和香氣。」

「恩綾，妳帶給他的已經夠多了。」

姊姊的話語之中藏著某些隱喻，「所以往後的顏色和香氣妳應該留給自己。」

我斂下眼。

日光忽然穿透了厚重的雲，以為午後會下起滂沱的雨所以帶了傘，雲卻緩慢散開灑下了微熱的光。

「恩綾，」她的聲音彷彿帶有你的嗓音，「妳已經是他生命裡最絢爛的顏色。」

忽然我抬起頭，透過她的雙眼我看見彩虹，在閃耀的日光之中，你的笑逐漸暈染開來，恩綾，你說，妳是我無盡的海洋。

「他給我的愛，也是、我生命之中最絢爛的顏色。」

如夢一般的彩虹。

16

我拉開了那道抽屜。

盯望著那只紅色盒子許久，最後我終於伸出手。

我看見自己的顫抖，彷彿那是我和你的終點，猶豫在某一瞬間拉扯住我的意念，然而我終究到達了。

也許，那是你和我的生命裡不得不到達的終點。

我想起，我還沒和你說再見。

打了電話給安，約在你的墳前，話語中有著輕輕的嘆息，沒有風，於是薄如煙霧的惆悵難以消散。鎖上了門，搭了車，走了一段長長的路，沉默的世界裡我反覆想著你。

安已經到了。

前幾天帶給你的花還沒凋謝。

「抱歉，突然要妳出來。」

「沒關係。」我朝安走去，「妳來看過他？」

「嗯，這麼漫長的日子裡我卻只在他的忌日來過，待在沒有他的地方替他過著不同的節日，希望他能不那麼寂寞，但或許，讓他變得更加寂寞的反而是我。」

「但妳終究來了。」

——他已經等到妳了。

目光落在你燦爛的笑容，我輕輕扯開嘴角，「你等很久了嗎？」

我的手輕輕觸碰著口袋裡的盒子。

「他大概已經失去了時間感，所以一天兩天或者一年兩年並不那麼重要。」安的語氣中有著戲謔的嘲諷，她總是用著如此的口吻來掩飾自己的感情，「又或者，這世界上的事對他而言都已經不再重要了。」

「也許……」

「但是他對我們來說還是很重要，他媽的重要。」安別開眼，美麗的雙眼泛著紅，「大概是欠他太多，多到往後的人生都不得不用來還……早知道以前就不要老是使喚他依賴他，覺得只要有他就能毫無罣礙的往前走，結果他竟然成為我們最重的罣礙……」

「所以說，他總是我們之間最聰明的那一個。」

安笑了。淚也掉了下來。

「安，」我輕輕喚著，「我們都沒和他說再見。」

「不告而別的人沒必要跟他說再見……」安凝望著你，深深的，「你活該。」

我的淚水到底還是落了下來，握著安的手，這些日子以來安為了支撐我而逼迫自己吞嚥下所有關於你的哀傷，於是我的悲傷逐漸被消化，但安體內看不見的、狀似不存在的疼痛卻始終沉甸甸的卡在深處，於是當我們凝望著你，安長久積累的痛楚再也難以壓抑。

「過了這麼漫長的日子，我突然發現一件事，我們都以為他離開了，頭也不回的拋下我們，所以我們一邊假裝這裡從來沒有他，一邊又拚命想留住屬於他的痕跡，這樣的生活太過拉扯也太過衝突，因而我們看不見身旁的風景也看不見自己，所以，也沒有發覺，其實他始終都在。」

「安，他一直、都在這裡。」

你一直都在。

一直都在。

天空藍得透亮，我和安又花了一段長長的時間平息心中翻騰的感情，安抽了一根菸，嘆了幾次氣，試圖說些什麼卻始終沒有。

在生命中某些過於重大的時刻，我們彷彿處於巨大凝膠之中，耗盡氣力卻連一個字都無法擠出。又或者，即將說出口的瞬間突然意識到，即便這世上存在著難以計數的言語，卻沒有一個詞彙能夠精準的說明自身的心思。

並不是太過複雜，相反的正是過於單純而難以用某個詞彙到達核心，也無法以多重字句來進行說明。那裡必定存在著某個恰好嵌合於自身心思的詞彙，我們這麼想著，但身處於當下的我們卻無論如何也搜索不出。

於是我們選擇了靜默。

然而，在很久之後或許會感到極度的後悔，即使不能充分到達那核心，如果當初自己能夠說些什麼的話，至少能稍微將自己遞送到對方的掌心之中。如果。

我總是想，這世界上最虛幻也最殘忍的詞彙就是「如果」。

「我想好好跟他說再見，」空氣中還殘留著菸的氣味，「安，我曾經想著，只要自己能夠定格在那瞬間，就不會失去他，但是，這樣下去，也許我會失去自己也說不定……我從來沒有確實接受他離開的現實，但沒有辦法離開的人卻是我，我很愛他，真的很愛他，也曾經想過將往後的人生全部都給他，只是，這或許並不是愛，不是他冀望的愛——」

安緊緊握住我的手。

「恩綾，對於他的離去我很憤怒也很傷心，但我沒有停下腳步，如果靜止在時間裡的人是我也不會希望妳和他為了我裹足不前；所以不要因為想往前走的心思就質疑自己對他的愛，沒有人比妳還要愛他，這一點，除了他之外我是最明白的人。」

——從地球到那裡，必須跋涉數十甚至數百光年，我們這一秒鐘所感受到的光芒其實是來自幾十年、幾百年前的光熱，雖然兩地之間的時間差無法被彌補，但這樣很好，即使這一刻那顆星已經殞落，在地球的妳依然能夠看見那淡淡的光芒，直到最後一秒鐘，都還是想將那道光傳遞給妳。

在自己之前你總是先選擇了我。

「安，我想、在他面前戴上那枚婚戒。」咬著唇我深深的呼吸，「然後，跟他道別。」

「我沒有冀望過妳的永遠。」

「為什麼？」

「因為永遠太遠。」

「你又看了什麼書了嗎？我不會被騙。」

「我沒有要騙妳，永遠對我而言真的太遠，只要把妳的現在給我就好，我一點都不貪心。」

「每個現在都給你，那不是也一併把永遠也給你了嗎？」

「妳今天怎麼這麼聰明？」

「就說了你想騙我。」

「那麼，妳會把妳的現在給我嗎？」

「我考慮一下。」

「我可是都無條件給妳了，妳還要考慮那麼久？」

「好吧。」

「這麼勉強？」

「太乾脆的話會讓你太過得意，不行，雖然你還不錯，但說不定哪天會出現一個非常好的人，至少要讓你保持著這樣的危機意識。」

「還不錯？真傷心，那妳不要等哪天出現非常好的人，等著我變成非常好的人吧。」

「你要怎麼變成一個非常好的人？」

「嗯、先從多愛妳一點開始好了。」

「才一點？」

「每天都多那麼一點，這樣妳才會掉進陷阱，而且，會開始想『這個人愛的極限究竟在哪裡？』」

「陷阱？就說了你一開始就打算要騙我。」

「我可是用我的全部當賭注來設陷阱，不管從哪個角度都很有誠意吧。」

「好吧。」

「所以，妳就稍微假裝被我騙吧。」

「那要從哪裡開始假裝好呢……」

「就從假裝眼前沒有陷阱好了。」

「為什麼？」

「這樣妳就不會覺得被騙了。」

「那你就沒有騙到我的樂趣了呢。」

「沒關係，比起自己，妳的順位始終在前面。」

「這也是陷阱？」

「不是，這是今天要多愛妳的那一點。」

「這樣好像太多了，如果持續以這種程度堆累，不用多久你就無可自拔了。」

「我已經說了，我的賭注可是全部的自己呢。」

「從什麼時候開始的呢？這場賭局。」

「不知道。」

「不知道？」

「在自己也不明白的情況下就全部梭哈，這才是最瘋狂的豪賭。」

於是我戴上了婚戒。

將另一枚婚戒放在你的面前。我從來沒有給你機會拿出的婚戒我親自戴上了。

「我並不是不想將自己的人生交給你，而是，我總想著，等到我的愛稍微能夠追趕上你的那天，就能夠將一切當作禮物遞送到你的手中。」嘆息透過呼吸滲出，又融進呼吸再度竄入我的身體，「然而我的遲疑，也許，成為了你的疼痛。」

安輕輕將手放在我肩上。

「我們的生命中有太多不由自主的遺憾，儘管不希望他也成為遺憾，但至少，人最難以忘懷的就是遺憾。」

然而你不僅僅是我的遺憾，同時也是我的愛。

我想起你總是掛在臉上的燦爛笑容，和眼前的照片有著細微的落差，微妙的失真，無法平整貼合的某些什麼我總以為是自己無法好好辨識，這一瞬間我終於明白，暈染開來的部分是屬於你、同時屬於我過於私密性的顏色。

照片與記憶都無法鉅細靡遺留下的你的溫柔、你的愛。

「我知道這所謂的告別其實並不是為了你，而是為了我自己，即使在你面前戴上了婚戒也改變不了什麼，無論我多麼愛你或許多麼不夠愛你，並沒有太大的差別，為了挽回失去而凝滯不前或者為了遺忘失去而拔腿狂奔，那終究是屬於我的選擇，與你無關的選擇……」指尖滑過你的笑，隱約的冰涼挑動著我的思緒，「花了這麼漫長的一段時間我才終於接受這一點，接受，你的死去。」

17

我作了一場透著微光的夢。

睜開眼，窗外下著與夢境相左的大雨，跨越了夜，天卻還沒亮，起身安靜坐在床沿，沒有依靠也沒有支撐。就只是坐著。這麼。

你從那端走了過來，端著一杯熱燙的茶，我不明白半透明的煙霧如何能產生如此強烈的印象，彷彿那煙霧才是整個畫面的核心。

「怎麼醒了？」

「我作了一個夢。」你在我面前蹲下，將稍微降了溫的馬克杯放進我的掌心，「很可怕的夢。」

「把噩夢說出來之後就不會實現了。」

「我夢見，你走了。」

「擔心我不要妳嗎？」你寵溺的摸著我頭，嘴角揚起的是太過溫柔的笑，「雖然這樣的承諾很虛幻，但我一直都會待在妳身邊，我保證。」

終究我還是沒有說出口，夢裡的你並不是離開我而是連整個世界都拋下了，但我想，那總是夢。

「夢總會醒的，妳看，醒來之後我就在這裡。」

眼忽然染上酸澀，莫名的，我專注而仔細的凝望著你，在這光線顯得過於微弱的房間裡，我發覺我的體內瀰漫著低張的瘋狂，想摧毀整個世界只留下你的瘋狂。

「我愛你。」淚水滴了下來，滑過你的手背，「真的，很愛你。」

你輕輕拭去我頰邊的水痕，指尖撫過的溫柔滲進我的血肉，你的愛以如此細微的姿態成為了世界的樣態。

「我知道。」你以幽而深的黑眸注視著我，「我都知道。」

「但是，我始終感覺自己對你的愛並不足夠，如果放上天秤的兩端，一定、一定斷然的往你的方向傾斜——」

「那不是很好嗎？傾斜之後妳就會跟著滑了過來，這樣我們就待在同一邊了。」你笑著，總是如此寬容的安撫著我，「待在同一邊之後，就分不出來是誰給的，妳只要看見，堆得越來越高的愛就好。」

望著你的同時我看見窗外逐漸亮起的顏色，然而你的卻沒有更加清晰而是帶著些許的模糊，伸出手我緊緊抓住你，害怕夢境成真，你握住我抓住你的那隻手，微微施力，彷彿看穿了我的心思。

「沒有什麼好擔心的。」

「你會一直待在這裡嗎？」

「恩綾，這裡，究竟是哪裡呢？」

你輕緩的嗓音竄進心底最深的地方，這裡，我想著，搖了搖頭，「待在我的身邊……」

「我在這裡。」你抬起手，輕輕貼放在我的胸口，「一直都在這裡。」

天完全亮了。

你站起身，又彎下身在我額際落下如羽毛般的吻。

「我該走了。」

拉住你的衣襬，我害怕一旦你推開那扇門就再也不會回來。

你給了我一個擁抱，透著微溫，沒有過多的施力卻極為堅定。

「現在不走我上班會遲到。」你輕輕的笑著，「無論多麼想待在原地，但該走的時候就必須移動，恩綾，如果妳繼續坐在這裡也會遲到的，很多事，一旦晚了，就再也追不回來了。」

「追不回來——」

「我是說公車。」你摸摸我的頭，穿上披掛在椅背的外套，「我該走了，恩綾，不跟我說再見嗎？」

「路上小心……」

「恩綾，」站在門前，你深深凝望著我，「再見。」

「再見。」我輕輕的說。

門被旋開又被闔上。我忽然想起夢裡你離開那天正是穿著那件外套。起身跑向門旁猛然拉開，赤裸的腳踏上走廊的瞬間那奔跑裡積累的寒冷一口氣迸發，望著空無一人的走廊我開始顫抖。再見。我想起你這麼說。

再見。

轉身走回房間，床還留著餘溫，側過身我輕輕躺在床上，如果妳繼續坐在這裡也會遲到的，你的聲音滑過意識邊緣，但我卻感到極度的睏倦，彷彿長久以來的睏倦濃縮在這一秒鐘朝我侵襲而來。

終究我闔上了眼。也許五分鐘，也許十分鐘，我總會醒來的，我想。

我睜開眼。

天泛著冷色調的白，空氣裡沒有雨的氣味，有短暫的恍惚，倒了一杯水緩慢的喝下，進行簡單的漱洗，換上襯衫和長褲，今天有重要的簡報，挑了一件稍微正式的外套，將頭髮紮起，接著坐在桌旁，還有半個小時那麼久，我又喝了半杯水。

我撥了電話。

「怎麼了？」

「我作了一個夢。」

「把噩夢說出來之後就不會實現了。」

「不是噩夢。」我斂下眼，「是一個很冰涼卻又很溫暖的夢。」

「那麼，妳今天會有很好的開始。」另一端傳來充滿笑意的震動，「一大早就能聽見妳的聲音，我今天也會有很好的開始。」

「我該去公司了。」

「好，」他說，「路上小心。」

「顏顥。」

「嗯？」

「沒什麼，只是想告訴你台北天氣很好。」

「我很快就回去了，到時候，找一個晴朗的假日到哪裡散步吧。」

「好。」

18

我真的很愛你。

19

顏顥站在門前。

在聲音之前先被理解的是動作，他一個跨步來到我的面前，接著伸出手將我擁進懷裡，沒有任何言語我安靜的嗅聞著屬於顏顥的氣味。飄動在鼻尖的還有難以說明的某些激動。

時間顯得緩慢。非常的緩慢。

「這幾天，有稍微想起我嗎？」

「嗯。」說話的時候他的震動傳了過來，我貼得近了一些，抬起手環住了他，沒有聲音卻依然感覺到他忽然的顫動，「偶爾會想起你。」

「我好想妳。」

他說。

「我以為只要走到妳的面前思念就會變得遙遠，但當妳進入我視線的那瞬間，在來的途中逐漸拉遠的思念又一口氣迸發，近得不可思議，也近得難以理解，明明、妳就已經在我面前——」

「可能，你只是需要一點時間，來確認我就在這裡。真的在這裡。」

確認。

我也花了很長的時間來確認這一點。

有限的人生中我們不斷試圖抓握攫取，然而即使某些什麼真正被攢在手中卻依然感到缺乏，於是我們更加拚命的想得到，只是越奮不顧身越感到空缺；在那些時候我總是想，也許自己體內存在著一個破洞，無論裝了多少都註定流逝，所以放下了手無能為力的放棄。

我的手稍微抓緊了顏顒，我知道，那不過是我所解讀的自身，心底深處的缺乏並不是因為破了洞，只是沒辦法好好確認並且理解自己所抓握的，為了得到更多而放開手，於是我們失去了起先掌心中最初的冀望，我們所進行的並不是得到，而是累積更多的失去。

如同我對你的愛，我總想著自己不夠愛你，因而開始猶疑，我以為偶爾自你眼中閃現的哀傷是緣於我不足的愛，卻太晚發現真正使你疼痛的是我的猶疑。

你要的從來不是我多麼深多麼濃的愛，而是平凡簡單的愛。

你以整個生命來教會我所謂的愛。

愛。

如此簡單。如此艱難。

如此讓人沉淪。

「東京的天氣好嗎？」

「很好，天藍得簡直讓人感到懷疑真實性，空氣裡透著冷意，但意外的乾淨，在每個角落都過於像一座城市的地方，居然有著適合呼吸的空氣，每次到東京這總是我最深的心得。」

「呼吸是很重要的一件事。」

「很懇切的心得。」

「所以顏顥，千萬不要忘記呼吸。」

顏顯以堅定的姿態握住我的手，緩慢的將頭靠上他的手臂，逐漸的，我稍微適應了彼此之間的親暱，並非由於顏顯而顯得生硬，而是對於親暱這個概念的本身我感到某些生硬。

我仍舊害怕，彷彿趨近溫暖的同時也不得不捧著突然抽離的可能，過於劇烈的溫差讓人太難負荷。

比起得到我更害怕失去。意識中偶爾會浮現這樣的一句話，在一場過於喧囂的喪禮之後，送行到最後的少數人來到火化場，當棺木被推進火葬爐，周旁的人們以淒切的音調哭喊著很燙你快點跑，我握著拳感到有些不知所措，跪在硬冷而佈滿灰塵的地板上，我想著，究竟有多少人曾經跪在這裡經歷這一刻。

我以為悲傷會持續很久，至少要讓一個人的生命化成灰並且冷卻需要花費幾個鐘頭，然而當法師說完「你們可以起來了」之後，空氣裡的悲傷彷彿被加入大量外來空氣霎時被沖淡，幾乎到稀薄的程度。

「比起得到我更害怕失去。」那時候，從未謀面的女人對我說了這樣的話：「讓自己不要得到是最消極卻最根本的方法。」

我想起照片上的人是叔叔。然而我始終不知道那女人究竟是誰。

「一個人的逝去會產生一定濃度的哀傷以及疼痛，」她深深吸了一口氣，「但是，這裡只有稀薄的哀傷，所以並不在這裡，不在能夠呼吸到的空氣裡，而是被壓制在某個人的體內。不是因為死亡的本身，而是因為逝去。」

女人走了。

我再也沒有想起她。

卻在這一瞬間太過清晰的重現。比起得到我更害怕失去。我的手微微一顫，顏顥稍微加重了施力，即使是如此細微，或許正因為如此細微，讓我能夠更加清晰的確認。他。

「顏顥，其實我很害怕。」

「我知道。」

「並不是害怕你的存在或者你的愛，而是害怕失去的可能。」目光落在交疊的雙手，被握著的手戴著你的婚戒，我想顏顥發覺了，卻沒有提起。「我明白，人的一生中就是不斷的得到與失去，無論是什麼，都無法違抗或者逃躲；然而即使理智上理解這一點，在大多時候卻無法好好的接受，並且在大多時候都進行著徒勞無功的抵抗以及奔逃……」

徒勞無功卻又奮不顧身。

顏顥轉過身以他深邃的雙眼凝望著我，我眨了幾次眼，睜眼之後我依舊是他眸中的倒映。

我體內的時間感逐漸失真，無聲的注視顯得漫長卻又短暫。

「恩綾，儘管我們總是試圖以理智來辨認和理解這整個世界，精細的訂定規則並且盡可能的遵守，但所謂的人，就是在巨大的理智之下拚命用著感情來採取動作的存在。」顏顥的聲音放得很緩，低啞的撫過意識也輕觸著感情，「無論是存在本身，或者這整個世界，本質上都是荒誕而衝突的，所以在我們各自體內反覆上演的拉扯不過是一種必然，偶爾偏向右邊，偶爾被拉往左邊，雖然感覺有些搖晃但沒有辦法也沒有關係，身旁愛著我們的人會成為強大的支撐。」

堅定的，他說：「所以即使面臨了難以承受的失去，也許會有幾乎倒地的瞬間，但人總會慢慢找到新的施力點，重新站立之後，曾經讓我們跌落的失去會讓我們變得更加堅強，無論是跨越了、彌補了或者接受了，都因為有那份失去，才有接續的開始。」

「所以他不僅僅是我生命中的某個結束，同時也是開始嗎？」

「嗯。」顏顥點了頭，「雖然捨不得妳的哀傷，但從妳的哀傷裡我明白他有多愛妳，所以，讓他的愛成為妳開始的力量，我也希望自己的愛能成為妳的支撐——」

支撐。

我以無比專注的目光盯望著他。

「顏顥，你會是我的開始嗎？」

她打了電話給我，在某個飄著雨卻灑落日光的午後。

在我和顏顥之間她極少被提起，這些日子我幾乎沒有想起過她，儘管她是顏顥曾經深愛的女人，不自覺皺起了眉，並不是因為她，而是我意識到自己太過專注於你、又或者是我的自身，卻沒有真正考慮過顏顥。

並不是考慮顏顥的愛，而是顏顥，這個人的本身，他個人的感情。

所以我赴了約。

「雖然很突然也很突兀，但如果不是這樣的前提，有很多動作絕對不會被執行。」

「有什麼話非得見面才能說嗎？」

「話的本身沒有這種急迫性，不管是電話甚至用通訊軟體都無所謂，但出於我個人的感情，我想當面講。」

「關於顏顥嗎？」

「一半。」她以優雅的姿態將方糖放進精緻的瓷杯裡，思索了幾秒鐘之後又放進了第二顆，接著輕輕的攪拌。「我和妳之間，除了顏顥之外並不存在著只能跟對方談論的話題，但比起顏顥，更重要是為了我自己。」

她又加進了牛奶。

「自從那天顏顥泡了一杯紅茶給我之後，我對純粹的紅茶就覺得反感，但即使如此，無論茶譜上羅列了多少種類的茶飲，我依然毫不猶豫的點了紅茶。伯爵紅茶。」她扯開嘲諷的弧度，「人就是這樣逼迫著自己。」

我想起我曾經說過她得到的是顏顥的愛，但我想，其實她是愛著顏顥的。只是不願意承認，彷彿一旦承認了，自己的某些武裝也會碎落一地。

或許，她遠行的這些日子深刻的體會到了失去，她沒有預備承受的失去，於是她選擇了武裝自己。

「妳想說的，是什麼？」

她抬起眼，「當初託妳轉告的那些話，妳對顏顥說了嗎？」

「那很重要嗎？」

「很重要。」這不是她第一次問，她又說了一次，「非常重要。」

——對不起，我不想日復一日陷落在這場夢裡，總有一天會被綑綁在深處無以掙脫，我想醒來，但你屬於那場夢，所以我不能帶走，連一點痕跡我都，沒有帶走的意思。

「我告訴過顏顥妳不會回來了，其餘的我記不清楚了。」

「顧恩綾——」

「妳想確認的，是誰先捨棄這份愛，但這並沒有差別，不是妳或者他誰先鬆手，而是你們的愛錯開在彼此的時空之中，他愛著妳的時候妳並不愛他，而妳愛上他之後他卻不愛了，就只是這樣。」

她拿起瓷杯，卻在沾唇之前又放回原位。手卻還緊緊握著。

「為什麼？」

「我不明白妳想問的。」

「算了。」她說，隔了一段沉默之後她緩緩鬆開手，長長的吁了口氣。「那就這樣吧。」

她站起身，拿起提包和桌上的帳單，杯裡的紅茶還剩下一半，她看了我一眼，沒有任何鋪陳也毫無延伸便逕自離開。

我沒有回頭，也沒有再飲下變涼的茶。

她終究在話語的縫隙裡找到了藏匿的答案，她想問的，也許是為什麼我要迂迴的保全她的自尊，但這樣的問號卻沒有被解開的必要。

因為顏顯深深愛過她。

也因為她愛著顏顥。

或許也因為，我體內逐漸醞釀的、對於顏顥的愛。

無論是哪一個答案，都不是她想要的。或許問題本身就不是她想要的。

總之她走了。

答案也就不需要了。

很多時候我們需要的並不是答案，答案早已被攤開平放在桌前，輕易的就能夠看見；我們所需要的，只是一個肯定以及，一份確信。

「想什麼嗎？妳的表情好認真。」

「顏顥。」

「嗯？」

「我在想著你。」

顏顥笑了。清朗的。帶著一點難以說明的深意。輕緩的將我垂落的髮撥到耳後，他什麼話都沒有說，只是安靜的凝望著我。

「你每天都在這裡。」

「發現了嗎？」

「嗯。」

自從他從東京回來之後，總是在這個屋子待到我睡去才離開，偶爾我會在他悄聲將門旋開時睜開眼，即使看不見他的身影我依然會坐起身注視著那扇門。我總是在想，也許一睜開眼就看見他能帶給自己莫大的確實感，但我從未要求他留下，他也沒有提起。忽然我想，在顏顥無聲的動作之中，含藏著隱約然而強烈的訊息。

並不是他不會離開。

而是他會回來。

即使醒來時看見只有自己的屋子，即使這整間屋子沒有任何屬於顏顥的線索，但他在，並且他會回來。

「那妳還有發現什麼嗎？」

「屋子裡沒有屬於你的東西。」

「也許妳能給我屋子裡第一個屬於我的東西。」

「我可以替你買一個杯子。」

顏顥話語中有著隱喻，我知道，我希望屋子裡第一件屬於我的東西是妳給的愛，我扯開嘴角開心的笑了，他露出莫可奈何的神情，輕輕捏了我的鼻子。

「顏顥，」我說，「我很聰明。」

「我知道。」他寵溺的注視著我，「那妳還有發現另一件事嗎？」

「沒有。」

「妳最近常笑。」

「不好嗎？」

「很好，妳適合這樣的笑。」他說，「只是我有點害怕。」

「害怕什麼？」

「每一次看見妳笑，總會感覺眼前的妳和我印象中的妳產生細微的落差，日復一日，在我心裡逐漸造成絕對的陷落，只要妳一笑，我就往下掉了一些，像是現在，我大概又往下掉了五公分左右。」

「你跟我起初見到的顏顯也不一樣。」

「哪裡不一樣？」

「那個顏顯不會說這樣的話。」

「這樣的話？」他伸手將我拉近，「例如，一直往下掉？還是，在我眼裡妳比日光還灼烈、比尼古丁還讓人上癮、比——」

「夠了。」

摀住他的嘴，他愉快的笑了開來，這樣的日子讓我切實感受到心底的裂痕逐漸癒合，並且在那道疤痕上長出平滑的肌膚，但那不是醜陋讓人想遮掩的痕跡，而是像小時候從樹上跌下劃出的勳章一般的標誌。

痛過了、哭過了，但我感到很驕傲。

我曾經愛過你，也曾經被你愛過。

並且，讓顏顯走進我的生命，成為另一個開始。

「安說妳是很活潑的人，但感覺好像還差了那麼一點。」

「安也說你是很成熟穩重的人，但我一點感覺也沒有。」

「所以我們都被安騙了嗎？」

「說不定是我們都騙了安。」

「妳的意思是，安是最笨的那一個？」

「我要告訴安你說她笨。」

「我什麼都沒說。」

「你說了。」

「既然如此就不得不設法封妳的口了。」

「我不會屈服於你的威逼利誘。」

「女人就愛把事情弄得複雜。」顏顥的眼閃過某些什麼，「其實這世界上所有的一切都非常簡單。」

突然他傾身向前輕輕貼上我的唇，不輕不重，非常短暫的，他拉回身子嘴角勾起愉快的笑，以低啞的嗓音緩慢而清晰的說：「愛也一樣很簡單。」

「恩綾，人都會害怕，我也同樣害怕，但是，愛讓人害怕，卻也讓人跨越害怕。」

「你也怕嗎？」

「我怕。」顏顥握住我的手，「但正因為這份恐懼讓我更加明白自己有多麼盼望。」

「顏顥，太過害怕的時候，說不定會動彈不得而伸不出手，那時候、你可以緊緊抓住我的手嗎？」

「那麼妳不害怕的時候，我也可以抓住妳的手嗎？」

「你已經握住了。」

我的手，已經在你的掌心之中了。

「顏顥，你會是我的開始嗎？」

「這是妳才能回答的問題，但妳已經成為我生命裡的一個開始了。」

「顏顥沒有問。」

「連試探都沒有嗎？」

「沒有。」

「不可能，怎麼可能一點也不在乎。」安瞇起美麗的眼，「說不定根本沒發現。」

「這個推測完全沒有說服力。」

「煩死了。」

安的手伸進皮包裡翻了半天卻只是以更不耐煩的姿態撥弄著頭髮，她總是忘了自己戒了菸。

「妳還是平靜一點比較好。」

「這是妳的事。」安瞪了我一眼，「居然還神色自若的要我平靜。」

「雖然有點在意，但現在這樣也沒什麼不好。」

「但是我在意。」

「妳剛剛說這是我的事。」

「顧恩綾，妳覺得很有趣嗎？」

「嗯。」我扯開笑，「很難得看見這樣的妳，所以覺得不好好把握不行。」

「我都快忘了妳一開始就是這麼討人厭。」

「我以為妳不喜歡沉悶的類型。」

「是不喜歡，非常不喜歡，所以就算妳又變得討人厭了，我還是比較喜歡妳討人厭的樣子。」

「真是矛盾。」我歪著頭思索了一會兒，「這大概就是所謂自虐的體現。」

「顧恩綾，給妳兩個選項，給我菸，或者閉嘴。」

我用右手摀住嘴巴，覺得一隻手不夠堅定又疊上了左手，安灌了一大口水，溫的，這大概也是讓她煩躁的一部分。畢竟窗外閃耀著夏天的顏色。

「妳不要不說話。」

要堅定。所以我雙手仍舊不放下。

「顧恩綾──」

「妳真的不能那麼激動。」安的眼睛一貫的適合瞪人，但還是回到起先的話題以免安太過煩躁，「雖然有點在意，但顏顯一向給我非常大的空間。」

「這空間太大了。」

「大概覺得我比較胖吧。」

「顧、恩、綾。」

「我都不知道妳這麼喜歡喊我的名字。」安又瞪我了，「但總不能假裝輕快的跟他說，嘿、難道你沒有發現嗎？」

「問題不在這裡，而是你們好不容易跨過了高牆走到期望到達的區域，因為太過不容易所以覺得不能貪心，即使看見了眼前輕鬆走過門檻就能抵達的位置反而躊躇不前，這才是問題。」

我輕輕嘆了一口氣。

「我以為妳最近會變得比較笨一點。」

「妳是想把這三年的討人厭全部施展出來嗎？」

「沒有。」

我討好的對安扯開笑，其實我只是懷念，感覺長久以來我和安都背負著過於沉重的某些什麼，儘管那本質並不是負擔，但我們花了很久才明白這一點。

安知道。我們該做的不是哀悼逝去的歲月，而是感激同時珍惜我們所得到的一切。

「煩死人了。」

「妳這樣小孩會學壞。」

安低下頭摸了摸明顯隆起的肚子，「把耳朵摀起來。」

「真可怕，你不要害怕，乾媽以後會保護你的。」

「不要扯開話題，我不相信顏顥這半年來面對一個戴著另一個男人送的婚戒的女朋友會無動於衷。」

「所以呢？」

「妳不想主動提就逼他開口問。」

安下了一個非常簡單的結論，但並沒有提起具體的執行內容，對於一個企劃而言是相當空泛而失敗的呈現，然而安相當乾脆，就像丟出核心概念之後就拍拍員工肩膀轉身離開的主管，總之妳必須達成，通常被扔在原地的員工也無從違抗，只能設法達成。

這大概是為什麼安是他們公司的主管，而我是我們公司裡的員工。

「為什麼盯著我發呆？」

「你的臉適合讓人盯著發呆。」

「那好吧。」顏顥的笑裡雖然有些納悶，但還是把注意力拉回正在讀的書上。

「顏顥。」

「嗯？」

我刻意抬起手撥了頭髮，稍微對準了燈光讓婚戒產生適當的反光，他還在等著我接續的話語，我又充滿蓄意的撩起頭髮接著摸摸頭。

「妳、剪頭髮了？」

「沒有。」

「屋子裡好像有點熱呢。」我用手搧著風，當然是戴著婚戒的那隻手，我的表情大概有些僵硬，「好熱。」

「我把風扇打開吧。」

瞇起眼我焦躁的摸著婚戒，咬著唇我決定暫時背對顏顥，靠在沙發上我拚命想著合理的「展現」方式，全然沒有發覺他在我身邊坐下。

「妳今天很奇怪。」

「不要嚇我。」轉過身才發現他靠得異常的近，呼吸清楚的貼上我的臉頰，「你不是在看書嗎？」

「比起書我更在意妳。」

「我沒事，我現在不想被你在意。」

「是嗎？」我以為幾乎要貼上的兩個人他卻能夠更加的靠近卻依然沒有任何碰觸，「我感覺妳很想讓我在意妳。」

「大概是你的錯覺。」

「所以手上的戒指也是我的錯覺嗎？」

「對——」我愣了一秒鐘，「不對，不是，我是說……你看見了？」

「妳是指看見戒指還是看見『妳想讓我看見戒指』？」

他是故意的。我終於知道安面對我的心情了。

「戒、指。」

「這樣啊……」他拉了長長的音。「然後呢？」

然、然後呢？

「不覺得很漂亮嗎？」

「嗯、挑的人很有眼光。」他爽朗的笑了，「應該不是妳挑的吧。」

我的頭好痛。

這大概是現世報。

「你走開。」

「我想坐這裡。」

「那我走開。」

顏顥忽然環抱住我，「我不會讓妳離開我。」

「放、放開我。」

「我都已經看了那枚戒指半年了，妳總要讓我平衡一點，所以乖乖的待著，直到我確認了『雖然妳戴著戒指但妳的愛現在在我這裡』這件事。」

「為什麼都不提？」

「我知道妳很愛他。」

我的心泛著微微的疼，對於顏顥，對於他讓步得太多的愛。

「顏顥。」

「嗯。」

「我很愛他。」我感覺顏顥微微一顫，沒有一個人能夠不在乎對方的愛，並且是對於另一個不是自己的人。他知道我對你的愛。極深的愛。我卻沒有告訴過顏顥，在我心底也有著一份對於他的愛。「但你不知道，我也很愛你。」

「我現在知道了。」

「我會把婚戒摘下來。」

「妳不用這麼做。」

「嗯，但我想這麼做。」

「妳可以把戒指摘下來，但婚戒不必。」

「我不明白。」

「妳說過，妳很聰明。」

我還是戴著婚戒。

這次是顏顥替我戴上的。

沒有鋪張，非常簡單的儀式，他的父母，我的父母，安和幾個親近的朋友，以及你的父母和姊姊。

你的母親給我一個非常深重的擁抱，她笑著對我說，她很早就知道我會是個美麗的新娘。

顏顥替我戴上的，不只是手上的婚戒，在所有人的面前他拿出了串成項鍊的兩枚戒指，我還來不及反應他就替我戴上，他說，這樣才是最完整的顧恩綾。

我沒有哭。

因為在我幾乎落淚之前安和你的姊姊已經拚命擦著眼淚，結果我笑了出來，你應該感到最可惜的一件事是甚至哭泣的安在懷孕之後連看見路邊的狗也會眼眶泛紅，顏顥也笑了，但他是對著我，用著非常溫柔的目光。

「今天的天氣很好。」我說。

「嗯，是非常適合婚禮的日子。」

「顏顥，我好像看見彩虹了。」

「在哪個方向我怎麼沒有看見？」

「前面。」

「前面？」

「嗯，就在我眼前。」

她拋下了一切，甚至沒有一絲猶豫，無論是愛她的人或者她愛的人，存在於她世界裡的一切彷彿樣品屋的裝潢，華美、亮麗讓人憧憬卻沒有生活感。

她總是盡可能扮演著公主娃娃的角色，溫柔甜美的笑，以優雅的姿態寬容體諒的接受所有他人的瑕疵而自身卻不帶有任何瑕疵；但那不是她，從來就不是她，而是整個集體所冀望並且假想的她。

包括她的未婚夫。未婚夫是相當好的人，也無從否認他的愛，但這跟她自身的愛無關，起因是安的愛。她知道安愛著他，出於一種本能般的嫉妒與毀壞的欲望她將手伸向他，然而她沒有感到欣喜，因為那本來就並不屬於安。

沒有任何計畫，沒有任何目的地，她只是想掙脫牢籠般的世界。

於是她開始流浪。

她帶了足夠的金錢讓她有相當的餘裕，這個事實彷彿芒刺分秒扎進她的身體，她應該更加乾脆一點的拋棄，體內的倔強逼迫她向所謂的生活妥協，她嘗試了某些工作，辛勤的以勞力來獲取踏實的生活感，起初她感到愉快與安心，彷彿經歷了這麼多年她終於真正存活；然而存活相對的疲憊也如狂浪朝她襲來，她幾乎無法支撐，最後放棄了支撐。

當她再度提領出戶頭裡的錢，一股強烈的荒謬與挫敗讓她的自尊遍體鱗傷，她沒有自己所以為的堅強，她不願意承認這一點，卻不得不承認這一點。

她想起了顏顥。

曾經她殘忍的請託一個友人代替她捨棄顏顥的愛，一個全然無關的友人，無論是誰，只要不是她這本身對顏顥就是傷害。然而她不在乎，畢竟那是她迫不及待想捨棄的世界，但她突然發現其實她在乎，或許並不是顏顥也不是顏顥的愛，而是那份愛也許會成為她回到那裡的繩索。

萌生回頭的念頭她掙扎了相當長一段時間，父母總以為她玩累了就會回去，她不願意被如此簡單的預測，只是輕鬆的人生一旦經歷了就難以放棄，更何況她的人生從未困難過。

於是她回去了。

兩年的時間太過輕易的改變一切，或許不是，輕易改變的是人心。她的未婚夫成為了安的未婚夫，其實她並不那麼在乎，也不想浪費力氣假裝自己在乎，她也變了，她相當清楚這一點，她再也無法完美的扮演公主娃娃，離去的兩年在她身上留下過多的刻痕，無法修復的刻痕。

然而顏顥還在那裡，她想著，長途跋涉之後她終於明白，她之所以能夠以毫不在乎的殘忍姿態對待顏顥並不是因為不在乎他，而是很早、在非常早之前她就明白顏顥看穿了她。這世界上或許只有顏顥愛的她是真正的她。

所以只要有顏顥，她就能獲得踏實的支撐。讓她不會離過去太遠。

也不會離自己太遠。

但顏顥身邊卻多了一個人，顧恩綾，她無法否認她的意外，她想起當初接起她電話的人正是顧恩綾，不由自主她又想起她託顧恩綾轉達顏顥的話，但她說服自己，該慶幸的是「那是顧恩綾」。

她知道，顧恩綾自從失去了男友之後便如同陷入泥沼一樣混亂，她們見過幾次面，顧恩綾幾乎變了另一個人，所以沒有必要過於擔憂，顏顥興許是同情，只要稍微施力顏顥就會回到她身邊。

但她甚至沒有施力顏顥就離開了顧恩綾，卻沒有回到她身邊，她感到些微的不知所措，當初她所堅信從不懷疑的卻開始動搖，於是她試圖趨近顏顥，試圖讓一切回歸原位，卻忘了先離開原位的是她自己。

至少顏顥為了她離開了顧恩綾。

然而當她越加專注的凝望著顏顥，就越能輕易的發現他眼底浮現的並不是愛，而是顧慮。

她開始假裝不知道，假裝顏顥還深深愛著她，並且無法控制的讓自己陷入稱為愛的漩渦，那是她第一次具切體會到所謂的愛，帶著些許苦澀與更深的執著。我為了你的愛回來了。她這麼對顏顥說，即使是愧疚即使是曾經即使是、同情，只要顏顥還在她身邊。

她相信愛會回來，正如同她的歸來。

但顏顥離開了。

她的最後一點過去也應聲瓦解，有好幾天她將自己關在房間裡，來回張望著有著精緻佈置的房間，她明明回來了，那些被捨棄的也輕易回來了，無論是房間無論是生活無論是朋友，但唯一她想得到的卻失去了。

徹底的失去。

她痛苦的閉上眼，縱使清醒也不願意睜開，她曾經以為所謂的失去並不那麼重要，空缺總能以另外的什麼來填補，一直以來都是如此輕易。

所以她無法理解顧恩綾，她明白痛苦的感受卻總認為顧恩綾的墜落是一種自甘墮落，這世界上總有一種人試圖以悲慘來獲取關注；然而她彷彿稍微明白了一些，縱使不願意，終於她明白，真正的失去所造成的空缺是任何的什麼都無法填補的。

因為那些都不是。

她愛著顏顥，她開始否認這一點，想著，那不過是對過去的不捨與不甘心。

於是她戴著厚重的武裝緩慢旋開房門，掛著無懈可擊的微笑，她瞥見母親眼底那鬆一口氣的流光，或許這才是荒謬，最巨大的荒謬，當她不再是她的瞬間，就是身旁的人安心的瞬間。

彷彿這世界並不需要真正的她。

人們需要的是一個有著精湛演技的演員，每一分每一秒，即使只剩下自己也必須進行演出。

她終於明白這是她輕易擁有一切的巨大代價。

然而她最後的破綻依然是顏顥。

她約了顧恩綾在一間她從來沒去過往後也不會踏進的咖啡廳，確切說了什麼她沒有特別記住，在談話之前她提醒過自己盡可能的在推開門時也將對話留在身後；唯一她記得的，居然是顧恩綾留給她的餘地。

但那已經無所謂了。

有沒有顏顥都無所謂了。她想。她不過是個公主娃娃，顏顥當不成稱職的演員，太過容易就被看穿，那樣的顏顥也不適合站上屬於她的舞台。

既然如此，讓他當那唯一一個會心疼她的觀眾也好。

當你在綠洲獨行　Blank Space

後記

之一

這不是近期的作品，事實上相隔了兩年之久，回頭重讀一次總感覺故事同時摻雜著陌生與熟悉；撰寫時想寄託深而濃重的感情，於是便不由得往更沉的方向走，恩綾的自縛與掙脫，在我和你的生命裡或多或少都一再重蹈覆轍。

故事裡有大量的隱喻，既然是隱喻就不是我能揭露的部分，但身處於其中的顏顥在我眼底是無比堅強的人，他有著明顯的人性，願意寬容，願意退讓，卻也偶爾會敗給自己的私心，追究著他所不能理解的泥淖。我們都如此，感情過於強烈時總會忘了即便是最親密的人，也擁有屬於他自身的世界，那遠異於我們的世界架構，當然不能以我們的立場武斷的解釋。

即便是愛，也會成為一種壓迫。

但最後那愛，終究是最為柔軟而堅定的後盾與救贖。

我想大概沒有人可以寫出「愛的正確使用方法」，每個人都只能跌跌撞撞的摸索，探求最適切的平衡點，讓兩個人得以肩靠肩，安穩的嗅聞著彼此的氣味，感受著對方的體溫。

對我而言，愛就是這麼普通的日常。

然而所謂的日常，卻必須以全部的精神來建構，那不是唾手可得的東西，也不是遙不可及的奢望。我想說的很多，真正說的時候卻發現沒什麼好說的。

大概，我所追求的就是這種輕輕的喟嘆與安心感吧。

之二

替故事進行說明不是我的風格，但當初撰寫時已經打算稍微提一些，所以擺在最後就當作是作者的喃喃自語吧。

起初恩綾回想起來的「你」感覺都偏向負面、譬如對方要離開的記憶，這是她對於現實的否認，她不想承認對方的離去因而拼湊對方說過的話語或者類似畫面，否則一直想起美麗的畫面就找不出對方離開的合理性同時也因為她沒有自覺的逼迫自己壓抑美好的記憶，於是將一切歸咎於自己不夠愛對方（自我歸因）。

顏顥出現讓恩綾某些瞬間產生錯認，相對美好的部分就跑了出來，直接把顏顥當成對方的時期，所有的美好都合理的跑了出來；但恩綾也知道顏顥並不是對方，因此美好的記憶替恩綾帶來了喘息的空間卻也隱約曝現了對方離去的現實，於是恩綾便開始在迴圈裡頭打轉。

持續推開顏顥一開始是因為對他並不是愛，後來有愛了就開始害怕顏顥也會因為自己而掉入黑洞（為了避免想起「你」的離去又開始覺得自己無法給足夠的愛），所以一切要等到現實被戳破之後才有轉圜餘地。

故事的末段則是恩綾自我療癒的部分。想說的其實是理解和接受本身有著絕對落差，人都需要時間，無論長或者短，偶爾我們會構築一個堅硬的殼躲在裡頭，因為體內的傷需要一段長長的時間進行復原。

所以不要逼迫自己，也不要擠壓自己所愛的人，我們都需要時間，無論是受傷的人，或者陪伴受傷的人。路很漫長，所以不需要走得太急，重要的並不是前方，而是和自己一起往前方走去的人們。

Sophia

當你在綠洲獨行

BLANK SPACE

Sophia
作品集05

國家圖書館出版品預行編目資料
當你在綠洲獨行／Sophia 著
一初版.一臺北市：春天出版國際, 2016.01
面；公分.一（Sophia作品集；05）
ISBN 978-986-5607-06-7（平裝）
857.7　　104025950

ISBN 978-986-5607-06-7
Printed in Taiwan

作　者	Sophia
封面設計	克里斯
內頁編排	三石設計
總編輯	莊宜勳
企劃主編	鍾靈
出版者	春天出版國際文化有限公司
地　址	台北市信義區信義路四段458號3樓
電　話	02-7718-0898
傳　真	02-7718-2388
E－mail	frank.spring@msa.hinet.net
網　址	http://www.bookspring.com.tw
部落格	http://blog.pixnet.net/bookspring
郵政帳號	19705538
戶　名	春天出版國際文化有限公司
法律顧問	蕭顯忠律師事務所
出版日期	二〇一六年一月初版
定　價	180元
總經銷	楨德圖書事業有限公司
地　址	新北市新店區寶興路45巷6弄6號5樓
電　話	02-8919-3186
傳　真	02-8914-5524

Sophia
作品集
05

Sophia

作品集

05